CUENTOS DEL ÁNGEL

CUENTOS DEL ÁNGEL

Daniel Martínez Rubio

TURMALINA

Martínez Rubio, Daniel

Cuentos del Ángel / Daniel Martínez Rubio. – 1a ed. . – Ciudad
Autónoma de Buenos Aires : Turmalina, 2015. 150 p. ; 20 x 13 cm.

ISBN 978-987-3872-03-7

1. Literatura. 2. Narrativa Argentina. I. Título.

CDD A863

Imagen de tapa: "El ángel" de Matías Fernández Madrid

© Editorial Turmalina, 2015

Hecho el depósito que previene la ley 11.723

info@editorialturmalina.com

www.editorialturmalina.com

ISBN: 9789873872037

Compaginado desde TeseoPress (www.teseopress.com)

Índice

Buenos vecinos

Hace menos de dos años que vivo acá en el barrio. Antes, nada que ver, yo vivía en la Capital, en Barrio Norte, en un departamento antiguo y oscuro en la calle Charcas, cerca de Callao. Pero me pareció mejor mudarme después de lo del vecino de arriba, el de las fiestas de música tecno hasta la madrugada y aun más tarde. No es que yo sea tan quisquilloso ni que me moleste la música. Pero este tipo se pasaba de la raya. Y se le daba por correr muebles, o vaya uno a saber qué, en medio de las fiestas. Imagínense, era como si te usaran un martillo neumático justo en el techo arriba de tu cama. El tipo apareció quemado en su auto a un costado de la autopista. Salió en los diarios y en Crónica TV durante un par de semanas. Después pareció descubrirse una venganza entre grupos bailanteros enfrentados o un ajuste de cuentas entre *dealers* y ya nadie le dio más bolilla al asunto. Volvió la tranquilidad por las noches, pero me pareció prudente mudarme. No dejé dirección y me vine a Bella Vista. Es un cambio, ¿no? Igual, no suena sospechoso que cualquiera con los nervios medianamente sensibles quiera rajarse de un edificio con dos desgracias en menos de dos años. Una la del tecno-imbécil del piso de arriba y otra la de Juan, el portero lascivo y coimero de la planta baja. Un sorete de persona. Lo más alejado de un buen vecino que uno se pueda imaginar. Lo de este tipo sí que fue bizarro. Imagínense. Barría la vereda una mañana temprano cuando a algún loco se le ocurrió tomarlo de tiro al blanco desde una azotea vecina, con un fusil de alto poder. Hay gente así. Más de lo que uno cree. La bala le entró por el pecho y le salió por la espalda. El agujero de entrada era menor de un centímetro pero el de salida dicen que tenía el diámetro de una tapa de empanada. Dijeron que era un proyectil explosivo. Tardaron dos días en cambiar el vidrio de la puerta de calle y una semana en terminar de limpiar la sangre y los pedazos de hueso y pulmón del palier. Más de un vecino del edificio evitó salir a la calle en esos días y se hizo llevar a domicilio las mercaderías del supermercado chino de la cuadra. Ahora en el barrio ya me conocen. No es como en la ciudad, acá uno entra rápido en confianza con los vecinos. Además, las mudanzas no son tan frecuentes. Cuando llegué tenía vecinos a ambos lados de mi casa. De un lado estaba Karina. Me acuerdo todavía cuando se apareció con un pedazo de pastafrola, que había hecho ella misma para dar la bienvenida al nuevo vecino. Vista de atrás era un poco chueca, se le cruzaban las rodillas, pero tenía los pechos más hermosos que yo había visto en mucho tiempo. Claro que eran operados, pero en esta época ya casi no se ven mujeres con tetas naturales. Era enfermera y tenía un hijo pequeño, un crío enfermizo y llorón, con ataques de asma que a veces hacían que se la pasara tosiendo y sibilando como una pava de agua hirviendo durante toda la noche. Nos convertimos en amantes al poco tiempo. El marido era empleado en un casino flotante y pasaba a veces varios días sin venir a la casa. Karina trabajaba en un sanatorio del centro, pero tenía días y noches libres. Para más comodidad, preparé una abertura disimulada en el alambrado que separaba los fondos de nuestras casas. Así podíamos estar juntos mientras el crío dormía. Cualquier despertar o ahogo era rápidamente escuchado por nosotros. En la cama era una amante fantasiosa e imprevisible. Traía para leerme los cuentos que escribía. Confieso que le prestaba más atención antes de hacer el amor que después. Eran cuentos ingenuos y sensibleros, historias urbanas de amores inverosímiles. No creo poder recordar ninguno completo. Una noche tarde estábamos remoloneando en la cama con riesgo de quedarnos dormidos cuando se escuchó un auto que estacionaba en la vereda. Karina saltó y se puso algo encima antes de salir disparada hacia la abertura del fondo. No se imaginaba por qué razón el marido había vuelto antes de tiempo esa noche. Agradecí interiormente la oportunidad de quedarme solo y me dormí casi de inmediato. Soñé un sueño confuso, con martillos, el llanto de una mujer y un ruido de vidrios rotos. A la mañana me levanté temprano porque debía ir a la Capital por unos asuntos. Cuando salía con el auto lo vi al marido de Karina de pie en la puerta, fumando y mirándome fijamente mientras yo pasaba de largo. Cuando volví esa noche comprobé que la comunicación entre las casas había sido inutilizada con alambre de púas y una pila de cachivaches y trastos viejos. Vi la figura de Karina en la ventana de su cocina. El rostro estaba hinchado y abotagado por los golpes. Tenía un vendaje sobre una oreja. Cuando se movió me pareció que rengueaba. Por varios días no tuve ningún contacto con los vecinos. Luego, una noche, esperé que Karina saliera para su trabajo y que no se escuchara más el llanto del crío. Fui y toqué la puerta. Cuando el marido abrió no le di tiempo a nada. Me adelanté y le calcé un cabezazo en medio de la nariz. Sentí el crujido y el tipo reculó, intentando no caerse, mientras trataba de atajar la sangre que le empezó a salir a borbotones por la nariz y la boca al mismo tiempo. Yo aproveché el impulso del cabezazo para entrar y cerré la puerta detrás de mí. Estuve poco tiempo, creo que unos diez minutos, pero cuando salí creí haberle dado el mensaje de cómo debía comportarse un buen vecino. Se mudaron dos semanas después y no he vuelto a saber de Karina. A veces la extraño, era buena mina, un poco ingenua y apasionada. Cuando voy al prostíbulo de la zona elijo mujeres que se le parecen en algo. Es una forma de recordarla. La casa sigue vacía hasta el día de hoy.

Con el vecino del otro lado no me llevo. Es un mal tipo. La mujer no, pobre. Cuando se enfermó la fui a ver al sanatorio y todo, ese que está ahí, frente al Hospital de Niños. Pero él, no sé. Vive con la mujer y el padre, que es retirado de la Gendarmería. El tipo no lo soporta a su viejo y eso habla de que es una mierda de persona. Le gustaría tenerlo cerca pero en otra casa. Lo sé porque al poco tiempo de llegar me ofreció comprar mi casa para que fuera a vivir el

padre. Cuando le pasó lo que le pasó no me salió ir a visitarlo. Me dejó dolido lo de la vez que se me incendió el auto.
Tuve mala suerte. Bah, me descuidé un poco, la verdad. Yo
le había cambiado la junta al motor medio a las apuradas. Y
sí. Tendría que haber esperado a que se secara el pegamen-
to, pero estaba apurado. Se ve que la junta se corrió y entró
a perder. Yo me di cuenta pero pensé, bueno, voy a comer el
asado a lo del viejo Matos, que me está esperando y después
me voy a casa y saco la tapa de cilindros y vuelvo a pegar
la junta. Cuestión que después del asado debí haberme ido
derecho a casa, pero no. Me había quedado sin cigarrillos y
tuve que hacer un desvío hasta la estación, porque el domingo a esa hora era lo único abierto. Cuando llegué a casa tuve
el último golpe de mala suerte. Era invierno y hacía frío.
Lógico, el ventilador del motor tenía poco trabajo, pero con
la vuelta por la estación a buscar cigarrillos y todo, el motor
recalentó. La cuestión es que llego a casa y estaciono en el
garage. A ver, garage le digo yo, pero en realidad es un espacio en el porche del frente, cubierto por el alero del techo. El
tema es que justo en el momento en que paro el auto y apa-
go el motor, se echa a andar el ventilador. Y no sé si se hizo
una chispa o el viento que mandó el ventilador encendió el
aceite que goteaba sobre la salida de gases del motor. Bum.
Fuego. Ahí nomás se contagió al tanque de gas que empezó a lanzar un chorro de fuego hacia un costado, como si
debajo del auto un soldado con lanzallamas se defendiera de
un ataque suicida. No atiné a hacer lo primero que debiera
haber hecho en esa situación, que era empujar el auto hacia
la calle para alejarlo de las vigas de madera del porche. No
lo hice. Traté de salvar primero el vehículo. Las llamas se
contagiaron rápidamente a las cabreadas de madera. Primero el porche, luego la puerta de entrada y el ventanal que
da al jardincito del frente, después el *living*, los sillones, el
trinchante de mis abuelos, el equipo de música y la mesa del
comedor.

Afuera de la casa se había congregado una treintena de vecinos. Imagínense, en el barrio nunca pasa nada. De golpe, se incendian al mismo tiempo un auto y una casa. La actitud de todos era más bien alelada, como si estuvieran en el teatro o en el circo. A decir verdad, la mía también. No era entereza o resignación, como escuché murmurar a alguno, más bien me daba cuenta de que no había nada que yo pudiera hacer. Y me había ganado la curiosidad de ver en detalle el trabajo de los bomberos. Yo tampoco había estado nunca tan de cerca en un incendio. Bueno, estaba lo de aquella vez del tipo prendido fuego dentro del auto, pero en esa oportunidad no me pude quedar porque la policía andaba cerca y me perdí el espectáculo. Los bomberos hicieron un trabajo impecable y meticuloso. Es decir, llegaron con unas barretas de hierro de este tamaño y zas, entraron a romper todo, empezando por los vidrios, para que no hubiera algún accidente. Después demolieron concienzudamente el cielorraso, descubriendo los tirantes de madera, para estar seguros de que en ninguno quedara oculto el más mínimo rescoldo agonizante que pudiera estallar horas después en un nuevo incendio, lo que hubiera sido vergonzante para su reputación. Mi vecino estaba entre el grupo, mirando tan entretenido como el resto. Pero lo que me molestó de él fue que me di cuenta de que la cabeza le trabajaba buscando su ventaja, porque en ese momento, entre las llamaradas, el humo acre y los barretazos de los bomberos se me acercó y me dijo por lo bajo, si querés te la compro ya, no importa que esté quemada, te la compro así como está.

Por eso cuando le pasó lo que le pasó yo hice lo que hice. Fue como para quedar a mano, aunque fuera simbólicamente. Resulta que el tipo tenía una hernia de disco que lo molestaba vuelta a vuelta, pero se pichicateaba y después no le daba bolilla. Karina me había contado que le pedía continuamente que le consiguiera calmantes fuertes, que se los pagaba bien. Aquella vez el dolor había llegado, se había instalado y no se iba. No podía acostarse ni extender las piernas, por lo que debía dormir sentado. Finalmente el bruto fue al médico, que le pidió una resonancia magnética. En la obra social le dieron turno para veinte días después, con lo que se desesperó imaginando las noches de insomnio doloroso que le aguardaban. Me pidió consejo y lo mandé al médico de la cuadra. El doctor Martino ejerce una especialidad indescifrable. Por momentos puede entenderse que practica tanto la ginecología como la anestesiología, en otros la psiquiatría y aun la homeopatía y la magia simpática. Para este caso eligió un método que no dejó de llenarme de un temor reverencial. Le colocó un catéter peridural para administrar sedantes y analgésicos directamente en la médula espinal y sus nervios. El tipo podía inyectarse él mismo las drogas. Por lo menos los primeros días. Después estaba tan rígido que le pedía ayuda a Karina o a mí, pero mayormente se inyectaba él mismo. El bruto ni se lavaba las manos para hacerlo. Yo no soy un experto en el tema, pero me pareció que el método no podía sostenerse y que mi vecino iba a explotar como un sapo en cualquier momento.

Un día amaneció con las piernas tan débiles que el padre vino a buscarme para que lo ayudara a llevarlo hasta el sillón del porche que usaba habitualmente. Hacía calor y se estaba mejor afuera. El tipo volaba en fiebre. Al acercarme sentí el tufo a orina que despedían sus ropas y me di cuenta de que la cosa iba de mal en peor. Por supuesto que cuando se quejó del dolor permanente que lo acechaba todo el tiempo, le recomendé que duplicara las dosis de los analgésicos. Esa noche, antes de acostarme, salí a fumar un cigarrillo a la vereda y lo vi. Parecía dormitar como un muñeco descuajeringado sobre el sillón del porche. Al otro día a la mañana me asomé a la calle y vi su figura en la misma posición. Había pasado toda la noche en el mismo lugar. Pensé en el despelote si se moría en esa condición y llamé a la ambulancia. Después de todo, un buen vecino tiene que ver por los demás a veces. Pero no me salió ir a visitarlo en todo este tiempo. Me dejó dolido por lo de esa vez del incendio. Hoy parece que lo traen a la casa después de casi dos meses de internación. Me dijeron que en silla de ruedas. Por eso lo estoy esperando acá en el porche, tomando una cervecita mientras el asado se hace despacito en el quincho del fondo. Hoy viene el viejo Matos y otros amigos. Esto me gusta de la provincia. No se pueden hacer estos asaditos hasta la madrugada en la Capital. El viejo Matos tiene como ochenta años y una gran barba blanca. Anda siempre con un cuchillito en la sisa, como los malevos de antes. Cuando se chispea con el vino se le da por convidar a cualquiera a pelear con punta y filo. Yo le digo tranquilo viejo, no me hagás traer el máuser, y el viejo se encrespa. De ánde vas a tener un máuser vos, gato pelado, me dice. Pero yo me río y enseguida se le pasa.

Aprovechando que tuve que reconstruir el cielorraso me hice un compartimiento disimulado donde guardé el fusil y otras armas que me da no sé qué desprenderme. Por un tiempo me pareció que seguía el olor a madera quemada, pero ahora ya no. Más bien hay olor a barniz y a madera nueva.

Cuando llegue, le voy a demostrar al tipo este que uno tiene don de gente y que sabe ser buen vecino. Le voy a llevar una cerveza de bienvenida y mientras la tomamos le voy a proponer comprarle el auto, así tal cual está, que hace rato que no lo andan. Total, él ya no lo va a necesitar.

Sumo y sigue

Ponte el sombrero dorado
si con eso la conmueves;
si puedes saltar bien alto
hazlo por ella también,
hasta que grite: "Amante,
el del sombrero dorado,
el que salta muy, muy alto,
¡mío tienes que ser!".

Thomas Parke D'Invilliers (F. Scott Fitzgerald).
El Gran Gatsby, 1925

—¿Sabés lo que leí, Ángel? —En esos días el Chino andaba todo el tiempo con un librito en alguno de los amplios bolsillos de su uniforme de mantenimiento—. Que los orientales cagan con la luz apagada. No pueden entender por qué nosotros, los occidentales, prendemos la luz para hacerlo. Para ellos, ese momento del baño es un momento especial, donde el hombre entra en contacto íntimo con su cuerpo.

Mientras iba a revisar el enchufe del depósito que había hecho una chispa, el Chino dejó el librito sobre el mostrador y tuve tiempo de darle una hojeada. La tapa tenía una reproducción de un grabado de dos luchadores de sumo, combatiendo ante la mirada de tres espectadores o jueces. Era uno de esos grabados japoneses antiguos. El libro se llamaba *Sumo. La lucha de los dioses.*

A Julián le decíamos "el Chino", pero no estoy seguro de cuál era su origen. Su apellido era Ferreira. Creo que una vez me dijo que su madre era coreana.

Nos conocíamos de vista en el hospital. Él había entrado en el área de Mantenimiento. Trabajaba mayormente con los del sector Electricidad. Por la edad, podría haber sido mi hijo. No intimábamos, pero Julián me tenía en estima desde ese día de la reunión en el gremio por la cuestión de la huelga, cuando le paré el carro al Mencho Cruz, que, a los gritos y golpeando con el puño sobre la mesa, quería romperle la crisma al muchacho porque le pareció que lo contradecía en lo que había opinado. Yo me interpuse y el Mencho se calmó. Es patota, pero no es ningún boludo el hombre.

Yo tenía mi trabajo en la Guardia, pero la última escapada a Uruguay, con Miriam, me había dejado en bolas y a los gritos, y las deudas no paraban de juntarse. Había aceptado un reemplazo en el depósito de farmacia los sábados. Ahí nos encontramos con el Chino esa tarde del libro. Miré un rato las fotos y dibujos y leí sin ton ni son algunas noticias de un deporte o arte marcial con el que no tenía más contacto que el recuerdo de esas imágenes de hombres increíblemente corpulentos, cubiertos con un taparrabos y con el pelo arreglado en un complicado tocado, que se empujaban y manoteaban sobre una especie de ring sin cuerdas.

—Esta semana empiezo sumo —dijo Julián pasando la mano sobre el libro.

—Sumo... ¿sumo? —pregunté yo.

—Sí. Ya sabés. Sumo —insistió el Chino. Y agregó—: Pero me tenés que ayudar.

—Sí, claro, ya me ves a mí con un chiripá de esos y con el culo al aire, manoseándome con un chino gordo y pedorro como vos.

—No, boludo, no quiero que hagás sumo —dijo el Chino—, aunque con esa pancita que estás echando...

—¿Pero... por qué no te vas un poco a la concha de tu hermana?

—Dale, Angelito, no te enojés, vos me tenés que salvar.

—¿Qué? ¿El chico nuevito quiere que lo salve de que los gordos bufarrones le rompan el culito?

El Chino, lejos de ofenderse por la andanada, miró a ver si no venía nadie por el pasillo, cerró un poco la puerta corrediza del depósito y chequeó si no había alguien en el fondo. Con todos estos preparativos, yo empecé a pensar de dónde iba a venir el guascazo.

Como adivinando que yo andaba medio renuente, el Chino metió la mano al bolsillo del overol azul y sacó —casi me caigo de culo— un fajo de billetes de cien nuevitos.

—¿Qué? ¿Rompiste la alcancía o le robaste a tu abuelita?

—Angelito, son ahorros. Vos sabés que voy seguido a los bingos. No es por alardear, pero soy bueno. Gano de vez en cuando y ahorro.

—Ajá...

Confieso que la curiosidad y la necesidad de billete me dieron paciencia. El Chino me contó su historia y yo pensé que estaba del tomate. Pero... era joven y enamoradizo, y ya se sabe..., tira más un pelo de concha...

La cuestión era que el Chino, en una de sus excursiones por los bingos de la ciudad, había conocido —creo que en el de Liniers— una mina.

—¿Cómo se llama, decís? ¿*Akari*? ¿Qué, es japonesa?

Y Julián me explicó. No era japonesa (en realidad, era de Floresta) pero era fanática del *animé dark*, y había tomado el nombre de un personaje. Parece que la cosa del *animé* iba en serio, porque le dijo al Chino que andaba en trámites para hacerlo su nombre legal, ya que ahora había una ley que le permitía a cada uno cambiarse el nombre de bautismo por el que se le cantara el culo.

Fue ella la que lo encaró a él esa noche en el bingo —obvio: el Chino había ganado y ella estaba en la lona— y le había pedido guita para seguir jugando, a cambio de una chupada en el estacionamiento o en el baño, lo que prefiriera. ¿Qué hizo el ganso de Julián? En vez de aceptar la mamada, tirarle unos mangos y todo en santa paz, le agarró un ataque repentino de locura y se enamoró como un caballo. No era que la perra no estuviera buena. El Chino me mostró unas fotos oscuras y medio borrosas en el celular donde se veía una piba gordita y tetona, vestida completamente de negro, con el cabello teñido de celeste y piercings en la nariz y en el labio. Incluso —agregó, bajando la voz y mirando nuevamente al fondo del depósito como había hecho antes— tenía un aro en un pezón, con lo cual reconozco que tuve un amago de calentura. Y de envidia también, hay que decirlo.

La cuestión era que la mina estaba chapita con el tema de los ponjas. Comía solo arroz con algas y tofu, pasaba horas en un juego de *animé* por Internet y su sueño era irse a vivir a Japón. Cogía y dormía solamente sobre una esterilla en el piso, con la cabeza apoyada en un cubo de madera. Lo había obligado a Julián a deshacerse de cama, colchón y almohada, en el minúsculo y oscuro departamento interior que él alquilaba. También decía que iba a aprender el idioma japonés, aunque no sé si le daba la cabeza para esto. Lo arrastraba al Chino a unos lugares nocturnos donde se tocaba toda la noche una música frenética con unos grandes tambores y a un club donde se practicaba sumo.

—Al principio me llevó como si fuera una especie de socio de negocios —contaba Julián—; ella conocía el ambiente y me calentaba la cabeza con el nivel de apuestas que corría entre la colectividad japonesa. Akari decía tener acceso a la colectividad a través de "contactos". Yo era bueno en el bingo, sería bueno en las apuestas. Todo bien, pero me di cuenta enseguida de cómo miraba a los luchadores, le chorreaba el jugo por la entrepierna mirando a los mastodontes en bolainas. Me prometí que me miraría así a mí también.

Lo estudié con más detalle al pibe. Julián era alto y corpulento, pero ahora, observándolo con atención, me di cuenta de que estaba más corpulento que lo usual. Tenía una barba candado, bastante descuidada, y el pelo largo y como aceitoso, recogido en la nuca con un elástico. Ahora que me fijaba, el overol era uno de esos de talle especial.

—Para que te admitan en una escuela de sumo, como mínimo tenés que medir metro ochenta y pesar 85 kilos —me explicó—. Yo eso de arranque ya lo tengo, pero el tema viene después, porque tenés que ganar progresivamente masa corporal.

Tocó el libro sobre el mostrador, como palmeándolo.

—Yo mido uno ochenta y cinco; mi peso ideal para el sumo debería estar en los 120 o 130 kilos. Ya aumenté un poco con la dieta, pero me falta.

—¿Y entonces? —pregunté, mientras una intuición de lo que necesitaba de mí se abría paso en mi cabeza. Me vino la imagen de un Julián obeso y rollizo como el hombrecito de Michelin, bombeándose a la gordita sobre el piso pelado.

—No es gordura fofa para nada, no te confundás —me dijo como si me hubiera adivinado el pensamiento—, por eso necesito que me consigás todo lo que puedas de esta lista (tenía en la mano un papel arrugado que había sacado de un bolsillo). No son remedios que puedo ir a comprar a la farmacia. La guita no es problema.

Miré el papel después de alisarlo. Me pareció que tenía como un brillo grasoso en la superficie. No creí reconocer ningún nombre de los allí anotados. Julián sacó una cantidad generosa de billetes del fajo y los puso frente a mí.

—¿Y para qué carajo son estas cosas?

—Anabólicos, estimulantes del apetito, reconstituyentes musculares.

—Pero podés hacerte mierda el hígado con esto. Hasta un cáncer te puede venir.

—No te preocupés, Angelito, que averigüé bien por Internet —me dijo.

Por primera vez yo noté el brillo de la decisión en su mirada. Parecía haber crecido varios años. Le dije que me diera unos días, mientras recogía los billetes y me los metía en el guardapolvo. Y le recomendé que no me rompiera las pelotas en el entretiempo.

Ese fin de semana me dediqué a leer por Internet y a consultar expertos. O más bien *un* experto, un amigo fisicoculturista, dueño de un gimnasio en Paternal, entregado a la religión de los músculos y entongado con farmacéuticos, importadores truchos y contrabandistas. Ya habíamos hecho algunos negocios juntos, trayendo medicamentos de Brasil y México cuando fue el cierre de las importaciones, así que le tenía confianza al chabón.

En el mundo de los fisicoculturistas todos estaban un poco chiflados, pero se movía mucha guita. Entre el sábado y el domingo junté un montón de información sobre las técnicas para el uso de los anabólicos y armé la estrategia para el Chino. Le dibujé un calendario semana a la vista donde anoté clarito las dosis y secuencias de medicamentos y productos que debía administrarse. Eran ciclos de dosis y combinaciones variables, que utilizaban conceptos empíricos como "ciclización", "amontonamiento" y "piramideo". Los fármacos abarcaban comprimidos e inyectables, más una serie de suplementos nutricionales. Algunos de estos productos eran de uso veterinario, pero eran los que estaban disponibles. El Chino me dio la plata que le pedí sin chistar y empezó el "acondicionamiento" corporal. Pero aún faltaban un par de cosas.

—Chino, ¿cómo organizaste la dieta del entrenamiento?

Me miró con cara de fumado.

—No me digás que no organizaste nada. ¿No ves que sos una garcha? Es esencial el tema. E-SEN-CIAL. La dieta que tenés que empezar se llama *chanko-nabe*.

—¿*Chancro* qué?

—El chancro lo tenés vos en el cerebro. Espero que la ponja por lo menos te la chupe con dedicación. —Me anoté mentalmente currarlo a Julián con los ingredientes del guiso samurai, solamente por ser tan boludo. Me armé de paciencia y le expliqué lo mínimo necesario.

—El *chanko-nabe* es un guiso bien polenta. Lleva de todo. Verduras, carnes, pescados, papas, fideos, huevos, tofu, algas... más algunos suplementos nutricionales. Se come dos veces al día con arroz y cerveza. La cantidad es muy importante, tendrás que lastrar por cuatro al menos. Pero más importante todavía es que después de comer no tenés que hacer ninguna actividad física y tenés que dormir una siestita de al menos dos horas. Con lo que te va a costar a vos atorrar, seguro...

El metejón de Julián con la ponja se ve que era considerable, porque asintió dócilmente a todo lo que yo le decía. Le pedí plata para los suplementos y aditivos.

—Esto es como el Bardahl, no vas a creer que es nada barato —le advertí.

Mi amigo, el patovica, me había recomendado una mezcla de productos nutricionales, aceite de canola, albúmina en polvo y unos alimentos supercalóricos para perros. Por supuesto que esto último no se lo dije al Chino, no fuera a hacerle asco al guiso. Igual, procesado y mezclado no se notaba nada. Es más, yo lo probaba y le encontraba buen sabor. Yo no iba a comerlo, porque estaba tratando de bajar la panza. De la plata que me pasaba Julián siempre algo sacaba para darme un gusto.

Julián se alineó como buen recluta y organizamos el tema bastante bien. Se levantaba a las cuatro de la mañana y entrenaba dos horas. Se pasó al turno mañana, que termina a las dos de la tarde. Como tenía que viajar un trecho de vuelta hasta su casa, se llevaba el *chanko-nabe* al hospital en un balde de plástico, de esos de pintura. Lo calentaba en la cocina, le agregaba a último momento el Bardhal y se embuchaba todo, ante la mirada entre divertida y espantada de los cocineros y auxiliares de cocina. La siesta la empezaba en el bondi y la seguía en la casa. A la tarde entrenaba por cuatro horas, se bañaba, volvía a comer el guiso para la cena y se dormía temprano, a veces después de cepillar a la Akari, lo cual no era lo aconsejado, pero bueno, algún desahogo tenía que permitirle.

La ponja *animé* se cabreó un poco al principio, por la escasez de garcha y por los gases que le producía el guiso al Chino; cada vez que iba al baño, por poco había que evacuar todo el piso del edificio, pero se acostumbró rápido con la zanahoria de que si ganaba un torneo había posibilidad de que fuera a competir a Japón.

El otro tema era un poco más complicado. Por suerte, Julián solito me facilitó la cosa.

—¿Que querés qué cosa, chabón?

—Dale, Angelito, tenés que acompañarme a un entrenamiento.

—Pero ¿vos pensás que yo no tengo nada que hacer los sábados?

Obviamente que el sábado siguiente fui al entrenamiento de la Escuela de Sumo Nomi no Sukune, en la Asociación Japonesa de Parque Patricios. El edificio sobre la avenida Brasil era grande y feo. Unos enormes leones de piedra y un tambor gigantesco ocupaban el *hall* de ingreso. En el primer piso funcionaba un *sushi* bar. En la planta baja se realizaban las prácticas de sumo y de otras artes marciales, en un espacio que podía acondicionarse como sala de teatro o pista de baile, según la necesidad.

Un olor particular llenaba el salón esa mañana. Julián me dijo que era el *binzuke*, el aceite de manzanilla con el que se untaban las mechas para el peinado ritual. Me paré a un costado, mientras una decena de tipos (y un par de mujeres, lo que me llamó mucho la atención, se ve que hay gente para todo) hacían ejercicios de elongación sobre un *doyo* cubierto con una lona plástica. Se paraban en cuclillas, con las patas abiertas, y en esta posición levantaban alternativamente una pierna y luego la otra hasta más allá del hombro. Algunos de los tipos tenían el torso desnudo y el taparrabos ese (Julián me dijo que el nombre era *mawashi*), pero sobre unas calzas de gimnasia. Las mujeres, que no eran para nada obesas, aunque sí corpulentas, tenían ropas de gimnasia ajustadas al cuerpo. Cuando terminaron de levantar las gambas, pasaron a hacer unos ejercicios de fuerza, empujando unas estructuras metálicas con una especie de poste acolchado, contra el que estrellaban las moles de los cuerpos. Sentía curiosidad por ver un entrenamiento. Yo había leído que la preparación de un luchador incluye técnicas que enseñan cómo subir voluntariamente los testículos a una posición protegida entre los huesos de la pelvis, entrenando un músculo especial, pero no hicieron nada de eso. Miré por un rato, pero mi interés real era encontrar la puertita al universo paralelo de las apuestas, que, según me habían informado, volaban alto entre los hijos del sol naciente.

A un costado del salón estaba la mesa de la colectividad. Una docena de ponjas de edad indefinible y rasgos inexcrutables estaban sentados a ella. Me di cuenta al instante de que era con ellos con los que tenía que conectarme. ¡Si era como ver a la familia Corleone y a los Soprano reunidos para una *remake* japonesa de *El Padrino*! Me dirigí al que parecía el más veterano y el más inexcrutable. En un gesto que había ensayado viendo un video de YouTube sobre las reglas japonesas de etiqueta, me paré frente a él, lo saludé con una inclinación de cabeza, y le extendí con las dos manos una tarjeta con mi nombre y celular. Le dije que solicitaba humildemente la inclusión de mi sobrino y protegido en el campeonato de sumo de la Asociación, que incluía la selección y viaje de los tres *sumotori* ganadores al torneo *amateur* en Tokio al año siguiente.

El ponja al principio hizo como si no me hubiera oído. Luego, sin preaviso, habló unas palabras en japonés, sin siquiera mirarme. Un ayudante que permanecía detrás de la silla del viejo se adelantó y me dijo, más con acento de Villa Crespo que de la prefectura de Nagasaki:

—El señor Shimaburo dice que considerará su propuesta.

Me tomó la tarjeta de las manos y me señaló con brusquedad el banco destinado a los visitantes y observadores, en la otra punta del salón.

En los meses que siguieron, la mutación de Julián me dejó estupefacto. Además de los previsibles cambios exteriores —casi duplicó su masa corporal— comenzó a aflorar en él una persona diferente, moldeada por las miles de calorías rigurosamente ingeridas día tras día. La papada traspasaba continuamente nuevos límites; su cuerpo sumaba sin cesar mayores anchuras en espalda, muslos y abdomen, novedosos repliegues y redondeces, flamantes excesos que reventaban las ropas. Con la acumulación de peso, su cara se fue pareciendo progresivamente a la luna llena y los ojos se le achinaron aun más, amenazados de extinción por las crecientes masas de carne que los rodeaban. Si bien su agresividad en los entrenamientos y en el combate había aumentado notoriamente —efecto esperable de los anabólicos que embuchaba sin parar—, fuera del *doyo* primaba una actitud tranquila y reposada, casi contemplativa. En los momentos de descanso en su trabajo se pasaba todo el rato mirando videos de combates de sumo. Admiraba especialmente al gran campeón *Asashoryu*, tal vez porque no era japonés —era mongol— y soñaba viéndose a sí mismo, un sudaca, desembarcando y triunfando en la capital del mundo, Tokio. Mientras alucinaba y miraba videos, cepillaba y peinaba los largos cabellos —llegaban casi a su cintura— embadurnándolos de *binzuke* y recogiéndolos cuidadosamente en un rodete sobre la coronilla.

Adoptó un nombre de guerra para los torneos —*Kitanumi*— y al poco tiempo pidió ser nombrado solo con él, ya que tramitaba hacerlo su nombre legal. La sorpresa inicial del personal del hospital incluyó al principio la burla y la chicana, pero luego de aquietado el remezón inicial, se extendió en todos un estado de aceptación alelada. El nuevo cuerpo del Chino, fraguado y moldeado en los matraces de Internet, en la farmacología marginal y en los alimentos para perros, había logrado la aceptación total, primero de su dueño y luego del mundo que lo rodeaba. Ver al que había sido en una vida anterior Julián, el pibe de Mantenimiento, vestir el *mawashi* con el pelo brilloso de aceite, tensar los músculos poderosos, subir al *doyo* y realizar los movimientos preliminares del combate me dejaba sin habla. A decir verdad, me venían sensaciones mezcladas, entre las que debe haber sentido el padre de Frankenstein, el científico que se convertía en el increíble Hulk y un criador de chanchos de competición.

El esperado día del torneo llegó. La Asociación Japonesa hervía de actividad. De la Madre Patria había llegado un grupo de árbitros, vestidos con la ropa ceremonial y portando el abanico de guerra en la mano. Yo olfateaba el olor del dinero, la particular electricidad del mundo de las apuestas surcaba el aire del salón, donde se había armado un *doyo* especial para la ocasión, elevado medio metro sobre el piso. En un póster abigarrado, pegado sobre un pizarrón, estaba el *fixture* completo de las peleas; al lado, otro afiche con los antecedentes de cada luchador. Achicando los ojos para no tener que ponerme los anteojos busqué el nombre de guerra de Julián. Lo encontré, junto al nombre de su oponente. Un brasileño. *Yokozuna*. Luego pasé a la otra hoja para ver sus antecedentes. Agradecí interiormente que no hubiera nadie junto a mí en ese momento que pudiera ver la palidez que me subió a la cara. Yokozuna era un *gran* campeón, si bien al final de su carrera. Había vivido y competido en Japón, donde había alcanzado los peldaños superiores del templo del sumo. El currículum del tipo era ortiba: me di cuenta inmediatamente de que Julián no tenía chance.

Con displicencia —aunque sin llegar a la descortesía, que me hubiera expulsado del empíreo de las apuestas— me acerqué con seguridad a la mesa donde estaba el señor Shimaburo, que parecía dormitar o meditar. Un cigarrillo apagado entre sus labios era la concesión al vicio empedernido, ya que no se podía fumar en el ámbito del torneo. El japonés de Villa Crespo, con quien había cruzado unas palabras antes, ya me había informado lo que quería saber: las apuestas trepaban doce a uno a favor del brazuca. Si el Chino ganaba su pelea yo solucionaba más de un problema de guita. Más de uno.

Me acerqué con decisión a la mesa, apoyé las manos y me incliné hacia adelante, diciendo mi apuesta claramente, mirando con fijeza al señor Shimaburo, que se hacía el desentendido. El de Villa Crespo, parado detrás del japonés viejo, pareció confundido.

—Pero —vaciló— ¿*ganador* a quién?

—Al brazuca, a *Yoni-con-sunga*. ¿Qué parte no entendiste, Hirohito?

Y me di media vuelta con el aguijonazo de la culpa en la garganta, buscando al Chino con la mirada. Ya debía estar en el vestuario, porque no lo vi.

El objetivo del combate de sumo es simple: el luchador que es forzado fuera del *doyo* por su oponente, pierde; el luchador que toca el suelo con cualquier parte de su cuerpo (excepto las plantas de los pies), pierde. Los luchadores no pueden tirar del pelo, atacar a los ojos o golpear con el puño cerrado. Si a un luchador se le cae el *mawashi*, pierde. No está bien visto que alguien celebre el triunfo o lamente la derrota, aunque el campeón Asashoryu llegó a dejar escapar una lagrimita al ganar un torneo.

Aunque el combate en sí dura habitualmente menos de un minuto, los rituales previos pueden ser prolongados. El Chino y el brasileño (que parecía bastante indiferente) pasaron por todo el catecismo del sumo: se hicieron buches de agua purificadora, se secaron el pecho con toallitas de papel y arrojaron puñados de sal a su alrededor. Luego se colocaron frente a frente en el círculo sobreelevado del *doyo*, agachados en cuclillas, levantando una pierna mastodóntica y luego la otra y haciéndose morisquetas amenazadoras.

El combate de sumo empieza en el momento en que los dos luchadores tocan el piso —simultáneamente— con sus nudillos. Hasta que eso ocurre, pueden repetir varias veces el ritual, que, en parte, está destinado a probar la solidez psicológica del *sumotori*.

Después de un par de secuencias, me pareció que Julián se estaba calentando y el brazuca ya no parecía tan indiferente. Cuando finalmente las manos hicieron contacto con la lona del *doyo*, Julián saltó hacia adelante con una agilidad inesperada. El brasileño fue un poco más lento. Cuando el Chino llegó hasta su rival, empezaron a propinarse una seguidilla de golpes con la mano abierta, en el cuello, los hombros y el pecho. El objetivo es desequilibrar y cansar al contrario, buscando una oportunidad para una toma definidora.

Julián movía los brazos poderosos como aspas. Yo no llegaba a ver el recorrido de las manos por la velocidad de los golpes. El brasileño respondía, pero pude ver que retrocedía dos pasos y se acercaba al borde del *doyo*. El ruido parecía el de un teatro entero aplaudiendo con las manos mojadas. Cuando el Chino vio a su oponente cerca del borde, intentó una toma del *mawashi*. El brazuca fue rápido y realizó el mismo movimiento. Por un momento, ambos quedaron abrazados, sosteniéndose mutuamente del taparrabos. Parecía una especie de *clinch* de boxeo. Pero súbitamente, el brasileño apretó con más fuerza a Julián, como si lo estuviera despidiendo para un viaje, e inclinó la espalda hacia atrás, flexionando unas gambas macizas. Hubo un momento de pausa, que pareció durar más tiempo del que duró, y luego, como en cámara lenta, yo vi cómo los pies de Julián se despegaban del *doyo* y su cuerpo de más de cien kilos era levantado en el aire. Luego el brazuca, como recurriendo a un extra de energía escondida, giró sobre sí mismo con el cuerpo de Julián alzado, y lo impulsó, soltándolo en el momento justo, arrojándolo fuera del *doyo*.

En ese momento me di cuenta del silencio que reinaba en el salón. Me pareció que nadie respiraba siquiera. El estruendo que el Chino hizo al caer sobre la larga mesa donde estaban los jurados y el mismísimo señor Shimaburo me dio una cosa como de vergüenza ajena, como si a alguno se le hubiera escapado un pedo en misa. La mole de carne de Julián destrozó la mesa y pasó hacia las primeras filas de espectadores, algunos de los cuales ya se habían arrojado aterrorizados a un costado. Pude ver a una mujer que se tapaba la cara con las manos y gritaba viendo la colisión inminente. Creo que yo también me tapé la cara.

Pasaron como seis meses y no tuve más noticias de Julián. Seguía con licencia por enfermedad, se había mudado del departamento que alquilaba y la japonesa estaba en otra. Después de un par de veces que la mina me pidió plata —con la habitual oferta de contraprestación— y la largué dura, no la vi más. Una sola vez la llamé para ver si sabía algo del Chino. Me dijo, sobrándome, que a la gente había que buscarla donde estaba y no donde no estaba, que yo era un viejo pajero y que me garuara finito.

Así las cosas, yo estaba un día en la estación del San Martín en Retiro, comiendo un lomito y tomando una cerveza en la barra de un boliche al que suelo ir. Sucede que cuando estoy cargado con problemas me gusta sentarme en un lugar atestado de gente y mirar las caras que pasan. Creo que me tranquiliza la fugacidad de los rostros, a veces lo que no soporto es la presencia de un mismo rostro día tras día. Sentí que me tocaban el hombro de atrás. Me di vuelta y vi un flaco alto y largo que no conocía.

—Angelito —me dijo—, tanto tiempo, chabón.

Traté de fijar su imagen en mi galería interna de caras, pero no lo logré. El tipo estaba bronceado y tenía un corte de pelo tipo Maravilla Martínez, afeitado a los costados y con un copete al que el gel modelador hacía apuntar hacia arriba. Me pregunté quién era el tipo, mientras una nota de alerta me tintineaba en la cabeza.

—Angelito —insistió—, Ángel Serafín...

Y en ese instante, justo antes de que el tipo dijera *Soy Julián*, le vi los ojos achinados y me cayó la ficha de quién era. Noté recién ahora la piel fláccida de las mejillas, como la de las personas que han adelgazado mucho o esos perros a los que les sobra la piel. No pude decir nada por la sorpresa. Solo le indiqué con un gesto el lugar al lado mío en la barra.

Me contó en pocas palabras sus últimos meses. Había tenido fractura de cadera y de tres costillas, más una luxación de hombro. Después de un par de semanas en el hospital, había empezado la rehabilitación. Por supuesto que lo habían puesto a dieta para adelgazar y tonificar los músculos ablandados por la inacción. En la rehabilitación la había conocido a ella.

—Camila es kinesióloga. Además, una atleta. Vos sabés. Vida sana, no come carne, no fuma, nada de alcohol. Hace acrobacia en tela.

Tuve una imagen de esas minas que cuelgan del techo, contorneándose en el aire con las telas enredadas entre las piernas.

—Ella me enganchó en un grupo que hace teatro acrobático. A lo mejor los viste, se llaman *Fuerza cruda*. Actúan en parques y al aire libre. Estoy entrenando. Está bueno.

Lo miré por un momento sin saber qué decirle. La marea de gente fluctuaba con la llegada y partida de los trenes, que llevaban y traían multitudes, traspasándolas del vientre de los vagones a las entrañas de la ciudad y a la inversa.

Por alguna razón me vino a la memoria un diálogo que había escuchado tiempo atrás en el quirófano. Era entre un cirujano viejo y una ayudante joven. Él le decía que la forma de encarar los casos y las situaciones difíciles va cambiando a lo largo de los años, y que una actitud menos dogmática de parte de los jóvenes ayudaría a que este conocimiento se transfiriera con más facilidad, fluyendo con equilibrio. Por supuesto que yo sabía que en el fondo el veterano se la quería coger a la cirujana joven, pero me quedó la reflexión del ciruja dándome vueltas. Simplemente, tenía razón.

—Pero, decime, capo... ¿No podés *una vez* cogerte a alguna mina más fácil que las que te elegís? —Me di cuenta de que sin quererlo, había sonado casi paternal.

El Chino se encogió de hombros y a mí me dio algo así como una blandura por el boludo. Se me cruzó por la cabeza que era un tipo posta, de valía. Él sacrificaba y ofrendaba el propio cuerpo para convertirlo en el instrumento que realizara la fantasía de la amada. Y esto lo transformaba en un tipo especial. Usaba los recursos de la tecnología y el guiño de la sociedad, que valoraba la manipulación del cuerpo como el éxtasis supremo de la individualidad, para conseguir una mujer, regalándole a la elegida la corporización de su berretín...

—Angelito —me respondió el Chino abriendo los brazos—, vos sabés cómo es el amor.

Albergue Warnes

Un buen consejo es más raro que un rubí.
Salman Rushdie. *Oriente, occidente*

El sábado de 1991 en que demolieron el Albergue Warnes yo venía de una muy mala noche. Mucho alcohol, mucho baile, mucho descontrol... y poco sexo. Porque la verdad era que había estado muy por debajo de una *performance*, digamos, digna. Por suerte, ella —Ana—, una médica del sector Auditoría, estaba casi tan borracha como yo y no creo que lo hubiera notado. No era inhabitual que las fiestas anuales del hospital terminaran en un *cualquierita-me-valga*, como decíamos de chicos. Lo que fue una casualidad rara es que fuimos al departamento de ella, por Agronomía, al frente del Hogar Garrigós. Y cerca del Albergue Warnes.

Justo ese día... que empezó aquella mañana, después de la noche olvidable, en una cama ajena y con una confusa sensación de resaca y de culpa. Mis dos únicos pensamientos eran el partido de fútbol en Parque Saavedra (jugábamos un campeonato inter-hospitales) y cómo salir de ese departamento sin demasiadas explicaciones. El brazo de Ana cruzaba sobre mi pecho. Caí en la cuenta de que probablemente la opresión del brazo inerte era lo que me había despertado. Lo levanté con cuidado y lo deslicé a su lado. Ella dormía profundamente y no me escuchó mientras me vestía y me marchaba. Ya nos veríamos al cruzarnos en los pasillos del hospital, aunque era probable que ambos nos hiciéramos los desentendidos, como si nada hubiera ocurrido.

Era bien pasado el mediodía y yo iba pensando en cómo me iban a reputear los flacos del equipo si no llegaba. Decidí caminar por Warnes hasta Agronomía y luego tomar un colectivo en la avenida San Martín. Apenas doblé la esquina vi la multitud agolpada frente al Albergue. Al principio pensé en una redada policial de malvivientes o en algún suicidio, dos ocurrencias frecuentes en la zona. Pero la cantidad de gente era desusada. Eran cientos de personas apretadas en silencio detrás de unas vallas metálicas. Una sirena comenzó a ulular enloquecidamente.

La explosión me llegó primero por los ojos y recién después sentí el estruendo profundo que me hizo temblar los dientes y subir un sabor metálico a la boca. La nube que se alzó del Albergue fue al principio rojiza y luego de un gris sucio y denso. Miré el reloj como atontado. Marcaba las tres de la tarde. Era a mediados de marzo y el calor era agobiante. Me olvidé del partido y de las puteadas. Caí en la cuenta de que estaba siendo testigo de la tantas veces postergada demolición del Albergue Warnes, hecho que nunca más se repetiría.

La mole, que había sido un proyecto de Perón para construir el más grande hospital infantil de Latinoamérica, quedó abandonada desde la Revolución Libertadora. Eran, en realidad, dos enormes edificios de diez pisos, como columnas vertebrales de las que se desprendían pabellones construidos en forma perpendicular, como los dientes de un peine. Las implosiones comenzaron en los "dientes", que fueron cayendo uno a uno, hasta que solo quedaron en pie los cuerpos principales. Entre explosión y explosión, las estructuras parecían flotar y temblar en el aire recalentado.

La excitación y la energía de la multitud eran comparables a estar viendo algún fenómeno meteorológico irrepetible, o un apareamiento de ballenas frente a los ojos. La electricidad de la destrucción recorría los rostros, las manos y los cuerpos. Entreví la silueta de un hombre joven en la primera fila, que saltaba sin cesar, abriendo brazos y piernas, dibujando una equis fugaz en el aire. Vestía una especie de overol blanco y, tal vez por esa razón, me hizo pensar en Elvis Presley. Algunos gritaban como si hubiera hecho un gol la selección nacional. Otros lloraban en silencio.

La última explosión tuvo lugar a eso de las siete. En los escasos segundos que duró el desmoronamiento creí ver todo lo que se hundía entre los escombros: los abismos vacíos y traicioneros donde hubieran debido estar los ascensores, los ejércitos de ratas, los baños improvisados en los pasillos, los suicidas despatarrados sobre el cemento, los baldes de agua que la gente subía con dificultad por esqueletos de escaleras, los niños asomados a los huecos que debían haber sido ventanas, los ajustes de cuentas entre bandas, las ropas colgadas de alambres tendidos entre las aberturas, las montañas de basura...

La nube rojiza pareció abalanzarse hacia nosotros dando tarascones. Fue inesperado —pero inevitable— que me acordara en ese momento de Laura. Hacía mucho tiempo que no lo hacía. Habían pasado quince años desde el 76.

... Laura: los ojos pequeños y juntos, las cejas pobladas, la frontera del cabello (negro, negrísimo) en la frente, formando una punta de flecha que señalaba el puente de la nariz, las líneas triangulares del rostro, la boca carnosa, con el labio superior que avanzaba sobre el inferior... Y las pecas... Recuerdo sobre todo las pecas del rostro, en los pómulos y en la nariz, que le daban una apariencia de eterno burbujeo, de cierta alegría inamovible. Era del interior y vivía en una pensión por el Once o Almagro, que nunca conocí.

Cuando me acuerdo de Laura, siempre me viene la misma imagen. Su figura acercándose por la vereda, desde el lado de Chorroarín (porque venía de su otro trabajo, en San Miguel, y tomaba el Urquiza, que la dejaba en la estación Arata) con su impermeable verde oliva que el viento hacía flamear por arriba de las rodillas, revelando las piernas escasamente cubiertas por la minifalda, y detrás de ella la mole del Albergue Warnes, gris y ominoso, cubierto de leyendas, de las escritas en los muros y de las otras.

Ese día de la demolición me llegó el recuerdo de una jornada en particular. Había sido también a principios de marzo. Yo había salido a la vereda a fumar y desde la entrada de ambulancias del Hospital Alvear miraba a Laura acercarse. En esa época le hacía algunos reemplazos a Darío, un amigo ambulanciero y camillero del Alvear. Como mi amigo estaba metido en el gremio y en la militancia, y aquellos eran tiempos movidos, trabajo no me faltaba.

¿Por qué aquel día en particular?

Creo que algo en la silueta cubierta por el impermeable, algo en su manera de caminar, me hizo pensar que la mina estaba embarazada. Tengo una intuición especial para estas cosas. La tuve desde chico. Es algo que siempre me vino así, no sé bien por qué. Algo en la actitud de dejadez, en los párpados pesados, en la turgencia de las tetas o en la forma de caminar. No sé. Pero nunca me equivoco.

Unas semanas después vino el golpe militar y ahí se pudrió todo. Darío continuó yendo a su trabajo, pero la mano venía pesada. Una noche cayó a la Guardia del Alvear un grupo armado de gente de civil. Traían a cuatro tipos reventados.

—Malandras del Warnes —dijo uno de gorra con una sonrisa canchera.

Malandras las pelotas, pensé yo. Uno estaba todavía vivo. Hicieron que los médicos le pusieran unos sueros y vendajes y se lo llevaron sin decir ni pío, dejando los tres fiambres en la Guardia. Antes de que se fueran, lo vi al de gorrita hablando y fumando a un costado de la salida de ambulancias con el gordo de maestranza.

Al gordo le decíamos "el Topo". Era salteño y bestia. Le habíamos puesto el apodo porque cada vez que quería defecar decía: *Muchachos, me está pechando el topo.* Y era propiamente un sorete de tipo. Yo no lo conocía demasiado, la verdad, pero Darío me había dicho que era un batidor de los compañeros del gremio, y a mí me bastaba.

Después de ese día, Darío no apareció más por el hospital ni por los partidos de fútbol de los sábados. Laura siguió viniendo a trabajar, pero yo me daba cuenta de que no era la misma. Seguía viéndola en los pasillos, a veces con el uniforme verde claro de las mucamas y otras con la chaqueta blanca de enfermera, la cofia y ese saquito de lana azul para los días frescos. En esas épocas, el personal era escaso y se pensaba que entre una mucama y una enfermera mediaba solamente un curso rápido de inyecciones y enemas y un uniforme más formal. Cuando coincidíamos en los turnos, nos juntábamos a la noche en las cocinitas malolientes y frías de los pabellones a tomar unos mates y a fumar un cigarrillo.

Yo sabía que había venido de Santiago del Estero escapando de una familia numerosa, incestuosa y golpeadora. En Buenos Aires, al principio, había trabajado en casas. Luego, una amiga la había hecho entrar al Alvear como mucama. Al tiempo, había hecho el curso de auxiliar de enfermería. Le gustaba y me consta que era buena. En ese entonces había empezado a hacer la carrera de Enfermería y trabajaba algunas noches como auxiliar y otras como mucama.

Además, comenzó a militar, a partir de que fue elegida delegada gremial de su turno. Ahí se conocieron con Darío. Los juntó la preocupación social, la militancia, las noches de reuniones políticas. Compartían esa sensación de urgencia que se había apoderado de muchos, como si hubiera sonado una campana largamente esperada. A diferencia de otra gente que conocí en esa época, no la atenaceaba el resentimiento.

Laura iba con frecuencia al Albergue Warnes, no solo para reuniones políticas, sino también para pesar bebés, dar vacunas y tomar la presión. Conocía bien el lugar por dentro. Se enteraba cuándo se sumaba o se restaba algún integrante a las familias. Sabía de los delincuentes, las comadronas, los suicidas. Le preocupaban especialmente los abortos clandestinos, que eran moneda corriente; trataba a veces de disuadir y siempre de cuidar a las mujeres que pasaban por las camillas improvisadas, cubiertas por sábanas percudidas por la lavandina y oliendo a humedad.

Yo supe de entrada que el padre de la criatura era Darío, no hacía falta que Laura me lo dijera. Igual, cuando lo hizo, no pude dejar de sentir una punzada de despecho y de envidia. No era que yo tuviera algo con Laura, no, no habíamos tenido nada entre nosotros. Bah, no porque yo no hubiera querido, pero una vez que intenté un avance, ella me miró como una mujer a un adolescente y me restregó el pelo. *Cachorro*, me acuerdo que me dijo, mientras me daba un beso en la mejilla y la boca le reventaba en una sonrisa. Desde esa vez nos habíamos hecho muy compinches. Yo le tenía afecto, como a una antigua novia o a una hermana mayor. Cuando me contó en voz baja que había empezado a militar en Montoneros, me quedé como alelado, mirando la fila de hormigas que subía por la pared descascarada, desde la medialuna vieja, abandonada sobre la mesada, hasta la banderola grasienta de la ventana. Por el momento hacía solo tareas menores, llevaba y traía mensajes, transportaba cosas, tal vez armas. *Por el momento*, repitió con aire de fatalidad.

Un día trajo un mensaje para mí: Darío quería verme.

El lugar era una fonda donde paraban taxistas y camioneros, por Gorriti, cerca de Juan B. Justo. Darío me esperaba en una mesa del fondo, disimulada detrás de un perchero. Me costó reconocerlo al principio, un poco porque se había cortado el pelo muy corto y se había afeitado, dejándose apenas un bigote finito. También había adelgazado malamente, como decía mi abuela. No sé por qué se me ocurrió que parecía un mormón, capaz que por la camisa blanca de mangas cortas que llevaba abotonada hasta el cuello.

Lo que quería era simple y difícil. Que la convenciera a Laura de apartarse de la militancia, por el bebé. Él ya no podía verla, su célula no lo admitía, era peligroso y arriesgaba una operación importante. Le prometí hacer lo mejor que pudiera. Y lo dije en serio. Por supuesto que Laura no debía saber que él, Darío, era quien me lo había pedido. Cuando salí del lugar tuve la sensación incómoda de que todos me miraban. El miedo había golpeado a mi puerta, como a la de casi todos.

Pocos días más tarde, una noche fría y destemplada, tuve la oportunidad de charlar con Laura en una cocinita del sector Mantenimiento, con los azulejos verdes y sucios empañados por el vapor de las calderas. Por la ventanita se podía ver la mole del Warnes en sombras, iluminada cada tanto por un fogonazo o por una luz titubeante y vagabunda.

Laura estaba callada, pero serena. El embarazo comenzaba a insinuarse en sus formas. Yo había pensado que si la encaraba frontalmente no tendría chance, cuanto más se sonreiría con fraternal condescendencia. *No más cachorro*, me dije. El código tácito era no hablar de Darío. Solo quiso saber si estaba más flaco. Le mentí, le dije que lo había visto igual que siempre. Luego, llevé la conversación hacia el embarazo. A mí no me entusiasman especialmente las criaturas, ni propias ni ajenas, pero le conté sobre el bebé que había tenido hacía poco una prima mía. En realidad, se trataba de la hija de una vecina, pero para el caso venía bien el cuento. La vecina me había llamado varias veces para hacerle unas inyecciones a la hija, que sufría de un cólico a la vesícula. Cólicos las pelotas, cuando la vi me di cuenta de que estaba embarazada y que no le había dicho nada a la familia para que el viejo no la moliera a palos. La cuestión es que terminé padrino de la criatura, un bebé morocho y regordete que lloraba en las noches como un chancho.

Le conté a Laura las historias del bebé, obviando lo de las noches a puro grito y haciendo hincapié en las sonrisas, los balbuceos y los ajós. Laura sonreía, pero lejana. Intenté hacerla hablar de sus estudios en la escuela de Enfermería, pero prefirió contarme que estaba leyendo unos cuentos de Haroldo Conti, que unos días antes había sido secuestrado y seguía sin aparecer. Esto último me lo dijo con una crispación casi imperceptible.

Ahí nomás aproveché para referirle otra historia de esos días, ocurrida a una prima lejana mía y a su novio (esta vez, el parentesco era real). Los habían detenido en La Plata por averiguación de antecedentes y los habían cagado a palos en la comisaría. El novio terminó con fractura de cráneo y ella perdió el embarazo que tenía. Laura no pareció darse por aludida. Hablamos por un rato de la realidad social. Una cucaracha negra salió de algún rincón y comenzó a cruzar la mesada de fórmica. Con un gesto brusco que me sobresaltó ligeramente, Laura la aplastó de un manotazo sin emoción. Mientras se lavaba las manos con detergente en la pileta, me di cuenta de que la charla llegaba a su fin. Intentando sonar aplomado, me animé a decirle que lo pensara bien, que no podía seguir embarazada y arriesgándose, que tenía que parar por un tiempo, por la criatura. Me dijo que tenía razón, que lo pensaría.

Cuando nos despedimos, me revolvió el pelo con su gesto acostumbrado, pero esa vez la mirada permaneció triste, como ausente. En el beso de despedida, creo que sus labios rozaron los míos, pero no estoy seguro de si es un recuerdo que yo agregué con los años.

A la mañana, desde el playón de las ambulancias, la vi a lo lejos, dirigiéndose al Warnes con un gran bolso al hombro. Hoy debe ser día de control de bebés, pensé. En esas oportunidades cargaba en el bolso la balanza romana y las latas de leche en polvo que podía juntar.

Esa noche me tocaba franco y me quedé en casa. Como a medianoche llamó a la puerta un vecino que tenía teléfono. Alguien le había dejado un mensaje para mí: Laura estaba internada en la Guardia del Hospital Alvear. Al llegar, pregunté y me mandaron al sector de la Guardia donde se alineaban, uno junto a otro, pequeños boxes incómodos, cerrados por cortinas corredizas de plástico verdoso y opaco. Era el sector ocupado habitualmente por las pacientes ginecológicas después de un aborto.

Laura estaba sola en uno de ellos, en una angosta camilla baqueteada. Tenía un camisolín del grueso algodón verde usado en cirugía, con remiendos del mismo color. En un rincón, en una bolsa de plástico, un atado de ropas manchadas de sangre. Esa vez realmente no supe qué decir. El camillero de la Guardia ya me había contado que Laura había llegado en mal estado por la pérdida de sangre. Solo dijo que había tenido un aborto espontáneo, pero ya se sabe cómo es la cosa siempre, ¿no?

La palidez grisácea de Laura le había vaciado el rostro de vida. Torpemente le tomé la mano. Estaba tranquila. Sin emoción visible, me dijo que había pensado en lo que habíamos hablado la noche anterior. *Hice lo que Darío me hubiera pedido hacer*, agregó. No respondí, haciendo un esfuerzo para no bajar la mirada. Al rato me dijo que quería dormir. Busqué una cama libre en el primer piso, en el sector donde dormían los técnicos de radiología y me acosté. A la mañana bajé a la Guardia con un mate cocido y medialunas. Laura se había marchado temprano. Nunca volví a verla.

Hizo bien en irse. A media mañana aparecieron los Falcon y el tipo de gorrita, esta vez enfundado en una campera militar, pero sin identificaciones. Lo vi hablando con el Topo. A la distancia parecía que lo puteaba, porque el salteño bajaba la cabeza y miraba al piso, encogiéndose de hombros.

Después, los años de plomo nos pasaron por arriba. Debe de haber sido por el 84 que vi un día el nombre de Darío en una lista de desaparecidos. Durante un tiempo busqué también el de Laura, pero nunca supe nada más.

En ese entonces, yo ya había dejado hacía mucho el trabajo del Alvear, pero un día me hice tiempo para pasar por allí. La mole del Warnes seguía en su lugar, solo habían cambiado las leyendas en las paredes, más rockeras y elaboradas y menos políticas. Ya había averiguado que el Topo seguía trabajando allí. Lo encontré en el pasillo de la morgue y lo encaré. Tenía que tenerlo cara a cara. Lo miré fijo y le dije, acentuando cada palabra, que sabía bien quién era él, y que ya le iba a llegar el momento.

—¿Me estás amenazando? —me dijo, con el miedo tembiequeándole en la comisura de la boca.

—No es una amenaza —le respondí sin dejar de mirarlo fijo—; es una promesa.

Pero esa es otra historia.

El muerto[1]

> … Esas poéticas a posteriori, mensajeras de un sentido que patéticamente nos esforzamos por dar después a cualquier cosa que ha sucedido antes…
> Antonio Tabucchi. *Autobiografie altrui*

Debió haber sido por abril, porque recuerdo que ya habían pasado las lluvias. Aun así, el campo conservaba un verdor que se resistía al otoño. No hacía frío ese día y los caballos saludaron a la mañana con entusiasmo. Éramos cuatro los que tomamos el camino viejo entre San Antonio de Areco y Giles. Pasamos por Vagues, dormida aún en la mañana, nos detuvimos por un momento en la vieja estación de trenes, velando sobre una vía muerta cubierta por pastos altos. Nuestro destino era Carlos Keen, cercano a Luján, aunque no tanto como para que le llegara la brisa eclesiástica y sofocante de la basílica.

Sin decirlo, nos habíamos propuesto ese día el contacto más intenso posible con la llanura, olvidar que estábamos a no más de un centenar de kilómetros de Buenos Aires. Evitaríamos cuidadosamente las rutas principales, buscaríamos los caminos interiores menos transitados, tocaríamos apenas las estribaciones de San Andrés de Giles. Los nombres de los pueblos y de los parajes tenían un eco lejanamente familiar, como si hubieran sido leídos o escuchados mucho tiempo atrás, en un relato o en una canción a medias recordada: *Azcuénaga, Cucullu, Villa Ruiz.*

---

1 "El muerto" ganó el Primer Premio en la categoría "Relato corto" del III Certamen Iberoamericano de las Artes, de la Fundación Príncipe de Asturias, Madrid, 2011.

En el viaje campeaba un ánimo de camaradería tranquila. El amigo que me había invitado —lo llamaré Walter por darle un nombre— desgranaba interminablemente anécdotas de reuniones pasadas y de épicos jolgorios de otros tiempos. Por otro lado, todos los del grupo habíamos participado alguna vez de las veladas. Íbamos rumbo a un asado para celebrar el cumpleaños de un amigo de Walter, un antiguo «compañero de armas», como le gustaba decir, recordando los tiempos de militancia y pasión. También por comodidad lo llamaré Roberto, he prometido discreción sobre esta historia. La añeja amistad entre ambos le permitía a Walter la prerrogativa de invitar a su vez a otros. Lo hizo con nosotros, incluyendo un pedido terminante: que todos lleváramos camisas rojas. Era el saludo chichonero y festivo de Walter para con el amigo, dueño del día pero culpable sin atenuantes de una lealtad incondicional y fanática con Racing Club. El reo recibiría su merecido, los colores rojos serían elocuente castigo, remitiendo a la odiada divisa contraria, los rojos de Avellaneda. El trayecto nos llenó enseguida de los ritmos primarios del campo. La charla y las bromas se fueron espaciando, frugales como la colación que habíamos llevado.

La casa de Roberto ocupaba unos terrenos en lo que había sido un viejo haras, desguazado en los noventa a pequeñas quintas de fin de semana para capitalinos acomodados. El arco de entrada y el largo camino flanqueado por eucaliptus hablaban de un pasado opulento, o quizá solo pretencioso. Al llegar a la casa, el ambiente que nos había creado el contacto continuado con la llanura empezó a disolverse como retazos de bruma en la mañana. En el parque se alineaban bajo los árboles una treintena de vehículos. Los había de pelos y marcas variados, en general hablaban de dinero y de poder, con el lenguaje de los logos y de los acrónimos que voceaban una marca, la potencia de un motor, las sutilezas de una caja de cambios o las exigencias de combustible. Camionetas de doble tracción, autos europeos y japoneses de lujo, *SUV* sofisticados o rústicos, cada tanto alguna minivan de las que transportan pasajeros. En medio de todos ellos, bajo la sombra de un aromo, un Torino rojo rotundo, con cromados orgullosos en los paragolpes y defensas.

—Tres carburadores, Angelito, solo hay unos doscientos en el mundo.

La voz de mi compañero era de contenido respeto. Antes de entrar al quincho rebosante de invitados, alcancé a ver sobre la puerta una aldaba de bronce, una mano de mujer con la esfera y el anillo. Un momento después fue como sumergirse en el mar entre una multitud de gente. Sin pausa, con la continuidad de una película hecha por una cámara viajera y en una sola toma, fueron pasando ante mí rostros, miradas y voces. Algunos me resultaban familiares, sin poder precisar si los había encontrado en una visita anterior.

—¿Lo conocés a Cárdenas, el santiagueño?

Miré el rostro franco y amigable del hombre delgado de edad indefinida que se excusaba con un gesto de darme la mano, que tenía enyesada.

—Seguro que vos lo conocés a él. El que no te conoce es él —se burló alguien a mi lado.

Adelanté con torpeza un reconocimiento:

—¿Un guitarrista de folklore, que había estado en una anterior reunión?

Mi compañero se rió con ganas.

—Es el Chango Cárdenas… Racing del 67, zapatazo de Cárdenas y a cobrar.

Un hombre anciano que seguía la charla sonrió canchero. Tenía la mirada entre alegre y burlona que me recordó la chispa en los ojos de mi abuelo.

—Yo le dije, de dónde te mandaste un gol así de cuarenta metros, nunca lo había hecho ni lo volvió a hacer.

Su rostro también me resultaba conocido, pero esta vez no arriesgué.

—Pizzutti. Era el director técnico —susurró la voz a mi lado.

Recordé una película que había visto un tiempo atrás. La cámara recorría interminablemente salones y cuartos decorados, como de un palacio, y una voz en *off* le iba dictando al ojo de la cámara las vicisitudes que encerraban esas paredes. Como en la película rememorada, seguí mi trayecto saludando interminablemente rostros vagamente familiares, mientras alguna voz a mis espaldas me dictaba los datos imprescindibles. Cuando llegué junto a Roberto, me recibió con las habituales bromas sobre mis preferencias sexuales irremediablemente desviadas, confirmadas ahora por mi camisa roja. De un bolsillo produje un objeto que le entregué.

—Tomá. Te conseguí una joyita. Los Chalchaleros cantando canciones de Luis Miguel.

Sabía de su prolija aversión por ambos. Cuando abrió el CD y vio que se trataba de una vieja grabación de Hugo Díaz interpretando tangos con su armónica se rió de buena gana. Me invitó con un vino y siguió recibiendo gente, que parecía llegar interminablemente. Cercano al sitio central de la mesa que ocupaba Roberto estaba sentado un hombre joven, en su treintena, flanqueado por dos muchachas que parecían pendientes de cada uno de sus gestos. Lo había conocido en una reunión anterior. Padecía una forma de parálisis progresiva que lo limitaba a una silla o a un lecho, por lo que requería ayuda para las mínimas tareas de vestirse, caminar o alimentarse. Le había recomendado un sistema de cuidados domiciliarios de un conocido mío. Me saludó con cordialidad cuando pasé a su lado. Por un momento me crucé con las miradas de sus cuidadoras, dos mujeres jóvenes y morenas, físicamente distintas pero con una curiosa sensación de parecido, motivada quizá por la tarea común.

Cuando consideré que podía dar por terminadas las salutaciones, me dediqué a vistear las paredes cubiertas de fotografías. El dueño de casa junto a otros rostros, algunos conspicuos, otros nuevamente con esa lejana familiaridad. Reconocí a Menem, a Seineldín, a Pocho la Pantera y a varios de los hoy presentes, incluido mi amigo Walter. Uno de los cuadros era una reproducción de un afiche con el perfil imperial de Mussolini arengando a Italia. En varias fotos Roberto estaba con la camiseta de Racing, incluso en una tomada en un paisaje que me pareció que era de la Antártida.

—¿Quién es? —pregunté a la voz a mis espaldas. Le señalaba una foto de Roberto junto a una mujer rubia de rasgos finos, madura y aún bella.

—Ex —dijo la voz bajando el volumen. La misma discreción en la respuesta al preguntar por otro de los habitantes de las fotografías.

—Van a ser tres años que...

Me sacó del ensueño un rosario de puteadas a viva voz. Puteadas floridas, contundentes, torrentosas y desmadradas. *Negro hijo de mil putas, me vas a dejar sin vino hoy...* Injurias intrincadas como arabescos. *Dejá un rato de sentarte sobre el pelado de tu novio y traete unas empanadas.* Insultos con encajes y volados. *Tenías que ser negro para ser hijodenuevemilputas juntas...* El depositario de la catarata siempre renovada era Luis, el mozo principal, capanga de la distribución de manjares y bebidas. Devolvía una sonrisa beatífica ante las puteadas del dueño de casa, con el orgullo de ser el centro de su atención. Era obvio que se conocían desde hacía mucho tiempo. La mujer de Luis lo ayudaba en la tarea. Misma sonrisa beatífica, mismo orgullo. *A ustedes los negros habría que matarlos a todos.* Ya sabía yo que las puteadas tenían un sentido preciso en la economía de la fiesta. Marcaban el comienzo del festín. Indicaban el inicio de la ronda en la que todos nos habíamos ganado un lugar. Precisaban, sin reflejo de duda, la clave del espíritu que tendría la velada. Habría recienvenidos y habría veteranos de muchas jornadas, pero todos tendríamos espacio bajo el ala protectora de las puteadas ecuánimes y paternales. Como a veces —solo a veces— nos sucedía en la vida, teníamos un sitio asegurado.

Empezaron a circular las empanadas, los chorizos, el vino. Cruzaba de mesa a mesa el ritual de las injurias aspaventosas, las acusaciones de homosexualidad y las bromas pesadas sobre la honestidad de hermanas, novias y esposas. Curiosamente, las mujeres de la fiesta no parecían sentirse agraviadas ni ofendidas. Las que cuidaban al joven postrado, la mujer de Luis, dos mujeres más que circulaban con servicial indulgencia. Como proveedor de bebidas, la tarea de Luis era altamente sensible, ya que para los invitados no había un solo vino, democrático e igualador, sino dos. Su tarea se apoyaba sobre una cuidadosa pirámide jerárquica, rápidamente palpable. Había un núcleo de elegidos formado por Roberto, Walter, algunos viejos venerables y por otros, cuya inclusión en ese Olimpo parecía obedecer a causas misteriosas, al menos para mí. Para ellos estaba destinado un vino exclusivo, que Luis custodiaba y distribuía celosamente, sin privarse de cierto exhibicionismo compadrón. Para el resto de los mortales nos estaba destinado un vino algo inferior, un escalón por debajo, sin abandonar la gama superior a la media.

Promediando la comida hicieron su aparición los músicos para la velada. Eran dos cantores de tango con dos acompañantes, guitarra y bandoneón. Los había visto llegar en una combi un rato antes, habían esperado su momento comiendo y bebiendo en la galería. Uno era más joven, algo obeso, de cabellera abundante y de aspecto bohemio. Antes de entrar al quincho había fumado interminablemente, sin pausa, con largas bocanadas profundas como estocadas. El otro era un anciano vacilante, de largos brazos y manos huesudas. Todos, incluyendo el colega más joven, se dirigían a él como *Maestro*. Veía cada tanto su perfil afilado, notaba los ojos que protruían hacia fuera del cráneo. Músicos y cantores vestían rigurosamente de negro. Comenzó el más joven, con un primer tango gardeliano y concesivo, un poco sobrando, como si fuéramos turistas extranjeros en un boliche de San Telmo. Miré a los músicos. El guitarrista era un flaco largo de edad indefinible, con una porra rizada y azabache con aspecto de peluquín. Tocaba con solvencia en los dedos y sin expresión en el rostro impasible. El bandoneonista tendría unos sesenta largos. Interpretaba su instrumento con todo el cuerpo, llevando el compás con entusiasmo. Desde donde yo estaba podía distinguir sus ojos cerrados, los labios que tarareaban las notas del bandoneón.

Fue en uno de esos momentos, cuando promediaba el segundo tango, mientras yo le seguía el paso a una frase lanzada por el bandoneón y el ejecutante se echaba hacia atrás, al tiempo que el instrumento se desperezaba sobre su regazo, que pasó el ángel... De chico me quedó esta expresión, cuando se hace un silencio inesperado... El ángel cayó sobre nosotros agitando las alas. Creo que al silencio lo vi antes de escucharlo. Yo estaba mirando ese gesto del bandoneonista, en medio de la frase musical sentida y profunda, estaba viendo su cuerpo arquearse hacia atrás en el abandono de la música, con sus ojos cerrados... Y de repente, estaba viendo que el cuerpo no regresaba, que la frase lanzada por el bandoneón se disipaba en el aire sin respuesta, que los dedos liberaban la presión sobre los botones del instrumento y las manos caían a los costados, que una palidez de ceniza subía por el rostro del músico. Un instante después, el cantor se volvía hacia el lugar desde donde venía el silencio, al mismo tiempo que mi amigo Walter erguía la cabeza y al guitarrista le aparecía una expresión de desamparo en la frente. Pasó el ángel y arrojó la historia al presente perpetuo, único sitio desde donde puedo narrarla. Acabábamos de ver a un hombre morir...

A veces, en estos momentos, sucede el fenómeno. La realidad se simplifica, la visión se reduce al perímetro estrictamente necesario, el cerebro anula lo superfluo. Así pasa también con las reacciones, sobreviene una economía de movimientos. Yo había trabajado por años en las guardias de emergencias de los hospitales. Supe por instinto lo que tenía que hacer. En el momento en que vi que el bandoneonista no regresaba del gesto acometido, mi visión y mi voluntad se simplificaron. Aún hoy lo veo como la película que les contaba, el ojo registrando las imágenes y la voz —mi propia voz— que cuenta lo que pasa.

Me levanto y calculo rápidamente cómo puedo llegar al hombre por el camino más corto. A mi espalda está la puerta-ventana que lleva a la galería. Decido que tengo que hacer un rodeo por allí para llegar más rápido. Camino casi corriendo por ella, mientras percibo o adivino la sorpresa y el alelamiento que cunden.

—Un médico —escucho la voz de Roberto atronar—, un médico.

—Está Ángel —dice alguien—, ¿dónde carajo está?

—¿Habrá algún médico? —me pregunto. Desde la galería vuelvo a entrar al salón por la otra puerta-ventana. La geodésica me desembarca a un metro escaso del hombre, que ha comenzado a deslizarse al piso. Torpemente alguien trata de sostenerlo. Me pongo a su lado, tomo control de un brazo, lo paso por sobre mi cuello. Induzco al otro a hacer lo mismo. Mi plan es llevarlo a la habitación contigua, donde hay un sofá. Pero al levantarlo tengo la sensación inconfundible del peso *muerto*. Mientras tanto, hemos atravesado el vano de una puerta y estamos en otro espacio. En el centro veo lo que deberá ser nuestro indudable destino. Una mesa de billar. Nada mejor pude haber imaginado para esta situación. Pido ayuda para tender al músico sobre la superficie verde. No tengo dudas de que ha sufrido un paro cardíaco. De la multitud alelada se han desprendido tres personas, aparte de mí mismo. En la siguiente hora me demostrarán que a veces las selecciones naturales son sabias. La mujer de Luis toma su puesto en la cabecera. Sostiene, ofrece ayuda, insta al coraje y a la tranquilidad, apoya. El cantor más joven me flanquea, nos turnaremos para intentar volver a la vida al bandoneonista. Un cuarto invitado, ojeroso y de largos bigotes, asistirá la respiración colocando su boca sobre la boca del otro. Cada tanto algunas figuras se acercan a la balsa verde que intenta sobrevivir al naufragio. Un hombre con aspecto de guardaespaldas se aproxima un poco. Solo un poco. No quiere mirar al muerto de cerca, se queda junto a la puerta. Propone una camioneta, transportarlo en la caja, ¿a dónde?, no lo sabe, se encoge de hombros, no insiste. Otro se acerca y ofrece su ayuda. Es veterinario. Se le nota el alivio de no ser imprescindible. Trato de ordenar el curso de la acción y de sistematizar el esfuerzo físico, que es demandante, puede agotar a una persona en pocos minutos. El cantor más joven es un socio confiable y sereno. Cuando es mi turno de comprimir el pecho de su compañero caído, él pasa a masajearle los pies y le habla con palabras de aliento. Cuando es su turno, comprime con buen ritmo y firmeza, y yo aprovecho para buscar signos de vida. Cada tanto pido a todos una pausa. En esos segundos estoy dispuesto a conformarme con lo mínimo. Un intento de respirar, un latido en el cuello, un color que regresa por sobre la palidez.

En una de estas pausas, veo que el hombre tendido levanta el brazo derecho. Me mira. Inconfundiblemente, me mira. Va a decir algo, pliega los labios, puedo ver el espacio donde estaban los dientes postizos, prudentemente removidos por la mujer de Luis. Imagino que llevará la mano al pecho y dirá *me duele*. Nada de esto sucede, la mano se detiene inconclusa y vuelve a bajar. Luego, emite un ronquido suspiroso, se marcha de nuevo. O quizá nunca ha regresado y solamente fuimos testigos de un reflejo que se resiste a apagarse. A medida que pasan los minutos tenemos menos pretensiones y más cansancio. El compañero que asiste la respiración no vacila ni se queja. Hace su papel con completa entrega. Después de cincuenta minutos —miro la blanca luna del reloj que cuelga sobre una de las paredes— tengo que decirme que el hombre está irreversiblemente muerto. El sudor me cae de la frente, la camisa empapada se me pega a los sobacos, tengo las piernas trembleques y un dolor sordo en el hombro izquierdo.

Del otro lado de la puerta se adivina nuevamente el rumor de voces. La fiesta vuelve, inexorable. De alguna manera creo que está bien que así sea. No dejo de pensar en el bandoneonista, en su gesto final, en la rúbrica musical inconclusa. Ha pasado una hora. ¿Ha muerto hace una hora o ha muerto muchas veces en el transcurso de esa hora? Finalmente nos detenemos. Permanecemos en silencio, mirando el rostro del muerto, que se decolora y se hunde lentamente en el mundo de los objetos. No percibo gestos religiosos, o tal vez estoy distraido y se me pasan por alto. Cuando vuelvo a cruzar el vano de la puerta entro otra vez en el ámbito de la fiesta. Me siento a un costado y alguien me ofrece una bebida fresca…, algo caliente…, un té. Por un momento, temo sentir un distanciamiento irreparable, pero, impensadamente, no es así. Por encima de los gritos, de las puteadas y de las bromas que vuelven a por sus fueros se palpa un aura de respeto y de empatía. El veterinario rubicundo y gesticulador grita y maldice mientras se ensaña con otros en un truco. Es un paisaje de voces gritonas, pero curiosamente controladas, como si estuvieran siempre al borde del silencio.

El vínculo que se ha creado entre los que hemos asistido al muerto es palpable. Sé que nos reconoceremos de ahora en más cuando nos encontremos. El compañero ojeroso me da un largo abrazo. La mujer de Luis se sienta a mi lado y hablamos largamente en medio del bullicio ya sin freno. El marido pasa junto a nosotros de tanto en tanto, me mira y me advierte con un índice bajo el ojo, medio en serio, medio socarrón. Se llama Mabel. Me cuenta que su vocación siempre fue ser enfermera. Estudió incluso, pero no llegó a graduarse. Razones oscuras se lo impidieron. No quiere hablar de ello. Tengo la sensación de que quiere consolarme, como si yo fuera el deudo. Se inclina hacia mí y sus senos se apoyan sobre mi brazo. Siento que pasa, fugaz pero inconfundible, el ramalazo del deseo. La miro algo azorado. Algo efímero termina también de cruzar por sus ojos. Le hablo del último gesto del muerto hacia su bandoneón enancado sobre el muslo, le señalo la fiesta que continúa. Debe entender que la interrogo sobre si es impropio o no.

—Es un muerto ajeno —me dice, y la frase pone todo en su lugar. Es lo más sabio que escucharé este día. Por otro lado, las mujeres de la fiesta parecen ser las más sabias. De alguna forma han adquirido un relieve especial. Súbitamente se han transformado. Lo saben y se empoderan de ello. Son las samaritanas, las madres, las hermanas, las confidentes, las consejeras. Aceptan que la emoción tome la forma del grito, de la sed, del llanto, del deseo. Alguien solloza calladamente sobre el hombro de una de ellas, que lo recibe con naturalidad, contiene el sentimiento fuera de cauce, le coloca un emplasto y lo devuelve al corazón de la fiesta.

Es la hora de preocuparse por los deudos, hacer saber a la familia lo que ha pasado. El cantor joven no lo conoce tanto al muerto, se han reunido circunstancialmente para la fiesta. Pero algo lo conoce. Sabe de una hija y de un hermano peleado con la familia. Con la hija hablo yo. Con el hermano habla él.

—Tengo que darte una mala noticia —le dice—. No, no, a mí no me pasó nada. Es tu hermano que cambió de paisaje.

Cuando vuelva a la fiesta hará un brindis por el hermano —así lo llamará— y anunciará:

—Voy a dedicarle algo...

El cantor viejo le ofrece al guitarrista para que lo acompañe. Con un gesto filial, lleno de respeto, el más joven le acaricia la mejilla al viejo y niega con la cabeza. Después, ante el silencio sorprendido de todos, entona el "Ave María" con voz de barítono, sin exageraciones, ni trémolos, ni pasajes de bravura, casi ensimismado. Las mujeres lo graban con los celulares. Parece que lo estuvieran saludando con el brazo extendido. La foto del Duce en la pared parece repetir el gesto.

Después, más tarde, canta "El pescante". Ahora sí con el guitarrista. Me atrevo a decir que nunca lo cantó así, reconcentrado en los versos... *Yunta oscura trotando en la noche / Latigazo de alarde burlón / Compadreando de gris sobre el coche / por las piedras de Constitución...* Cada tanto alguien se levanta y va por unos minutos al salón del muerto. Yo hago lo propio, tras de un impulso que no llego a entender bien. Estoy unos instantes, arreglo un borde de la sábana oscura que lo cubre. Después de todo, no es mala manera de morir, en su ley.

—Andá, dejate de romper las pelotas —atrona la voz de alguien.

El tango sigue… *Vamos por viejas rutinas / tal vez de una esquina nos llame René. / Vamos que en mis aventuras / viví una locura de amor y suissé…* Una humareda viene de la galería posterior. El olor de la tela quemada se cuela en el quincho. Roberto festeja ruidosamente. Pudo apropiarse de una camisa roja y acaba de quemarla ostentosamente. Me huelo las manos. Me he lavado a conciencia pero aún siento un olor acre que persiste. ¿El *suissé* no era uno de los nombres del ajenjo? *Tungo flaco tranqueando en la tarde / sin aliento al chirlazo cansao / Fracasado en su último alarde / bajo el sol de la calle Callao…* La sobremesa avanza. El cantor joven sigue fumando interminablemente.

—Te va a hacer mal a la gola —le aconsejan, inútilmente.

Ahora es el turno del cantor viejo. Alguien menciona que cumplió los ochenta y siete. Canta "Viejo ciego". Su oficio es enorme. No solamente en los pasajes enfáticos. Por momentos emite un *pianissimo* que parece provenir de una garganta fresca en años. Tropieza con la letra en una estrofa, salva el escollo elegantemente y recibe una ovación. Luego canta "La duda", una milonga campera que ha pasado a ser su marca personal. La historia no desmerecería a una tragedia clásica. El impulso irracional de los celos. La sospecha que no se tolera. La preparación y la ejecución de una trampa para descubrir el engaño. El darse cuenta de que la verdad es más insoportable que la duda.

Finalmente arriba el vehículo de la cochería. Algún papeleo escueto, nada engorroso. Mi nombre, dirección y teléfono anotados en una libreta de tapas azules y ajadas. Por supuesto, doy una dirección y un teléfono cualquiera, no quiero que después me vengan a joder. El músico es sacado por la ventana del salón y parte hacia Buenos Aires, junto a la libreta con mi nombre. Nos gana una lasitud de fiesta que termina. Tengo en mi mano una tarjeta negra con letras doradas de la casa de sepelios. No soy supersticioso, pero la arrojo en una maceta. Por las dudas.

Casi al salir me topo con Luis y nos despedimos con un abrazo. Me parece encontrar un gesto de complicidad en su rostro, pero luego no estoy seguro.

—Mirá lo que tengo que hacer para que me convidés vino del bueno —lo chichoneo. Al instante me arrepiento de mi broma. Refleja un cinismo que no siento. Lo sucedido me ha dejado sereno y cansado. Me duele el hombro. El veterinario gesticulador y gritón me detiene en la puerta. Ya me enteré de que es hermano del dueño de casa, aunque no tienen parecido físico. Vive en un país latinoamericano, Ecuador o Perú, y está visiblemente conmovido, el rostro colorado. Me habla de su mujer que está enferma. Él ha venido para arreglar algunos asuntos y para estar en el cumpleaños de su hermano. Parece amarla. La echa de menos. Los dos estamos algo borrachos y nos resistimos a la despedida. Mis amigos me esperan ya sobre los caballos. Amagan con iniciar la marcha sin mí. Unas últimas palmeadas en la espalda, no tenemos intimidad para el abrazo detenido. Sobre el caballo me ajusto el pasamontaña y me cierro la campera. Regresamos. Encima del horizonte hay una empalizada de nubes algodonosas, tras de las cuales el sol empieza a retirarse. Todos queremos hablar, pero todos nos quedamos callados. Ya vendrán las horas expansivas. Por ahora somos este silencio reconcentrado que cabalga. Más adelante seguimos al paso por un trecho. Insensiblemente me gana el sueño, entre imágenes que se superponen sin pausa y los olores del campo y de los animales. El olor acre del muerto ha terminado de quitárseme. Finalmente, debo quedarme dormido y sueño. En el sueño recorro un paisaje de campo con una filmadora en la mano. Filmo un documental... Cámara fija. Día de sol. Una curva del camino arenoso que lleva desde el pueblito de Álvarez de Toledo a Saladillo.

La cámara enfoca un arbusto algo deshojado, ¿un espinillo?, sobre el que se asientan los pájaros. Los hay de todo tipo y colores. Se suceden unos a otros, como obedeciendo lo que parece un guión prefijado. Aparición, presentación, diálogos, gestos, mutis. La cámara filma durante un día entero, con sus sombras y luces y nubes y brisas. En la reproducción la velocidad se acelera. No sé si en mi sueño soy el que filma o el espectador, o ambos al mismo tiempo. Se superponen primeros planos de los mismos pájaros filmados, el ojo del pájaro que mira al ojo que lo mira... De fondo, la voz de una mujer que cuenta una tras otra historias alocadas, con personajes que entran y salen en un *ballet* desmesurado y cambiante. Italianos asesinos de caballos que son atrapados y encerrados en el gallinero por la madrastra-bruja. Una vaca mansa y tetona que mete la cabeza por la ventanilla del auto para saludar a los recién llegados. Una niña con algo de misterioso y maligno que desmembra insectos para alimentar a sus arañas. Gauchos monstruosos y algo borrachos que salen de un socavón para discutir una partida de taba. La mano dorada y fina de la aldaba, que ahora es la mano de la mujer que habla... También sonidos. Fragmentos de charlas y monólogos. Un llanto suave y contenido...

Me despierto sobre el caballo, que ahora acelera el paso para alinearse con los otros que se han adelantado. A lo lejos se dibuja la silueta de San Antonio de Areco. El atardecer de otoño avanza, va dorando todo a su paso. Todas las tardes en esta época tienen algo de tigre y de maizal. Me digo que debo escribir lo sucedido. Lo haré. No sé cómo empezará el relato pero ya tengo la frase final. *Todas las tardes en esta época tienen algo de tigre y de maizal.*

Quién no tuvo ganas alguna vez

A Andrea, que me regaló la historia

La cita había sido para comer *alguito* en lo de Cristo el miércoles al mediodía. Bruno es un primo mío. Es medio pelotudo, pero yo lo aprecio. Cuando éramos chicos, en la familia se pensaba que era faltito. Pero no, era tímido y tenía un defecto al hablar, eso pasaba. Así, patinaba las erres y le daba vergüenza porque todos se le cagaban de risa. Igual, no me quiero ir de la historia. *En lo de Cristo* hay que tomarlo casi al pie de la letra, no sé si ya lo dije. Posta que el boliche se llama *Lo de Kristos* y está en la esquina de Caseros, frente al parque Ameghino. Yo siempre me siento en una mesa mirando al parque, en el centro de la plaza hay un monumento blanco lleno de nombres de monjas, curas y médicos muertos durante la gran epidemia de fiebre amarilla. No es que esa vista me guste particularmente, pero la otra da a la avenida Caseros y a los muros ennegrecidos e inútiles de lo que fue la cárcel, lo que me trae malos recuerdos. Y justo el boludo de Bruno, después de saludarme con un beso, se pone a disertar sobre qué pensaban hacer los políticos con los terrenos de la ex cárcel de Caseros. Lo escuché ni dos minutos, hasta que lo mandé al carajo y le dije que se dejara de decir gansadas y me dijera para qué me había citado ahí. Kristos, el dueño del boliche, es un griego medio mafioso de la barra brava de Huracán. Todo el mundo sabe que es el que provee los fierros y el que reduce las cosas que roban los muchachos, pero el boliche es realmente bueno y barato. El vacío al horno con puré que hace no tiene rival en todo Parque Patricios, *anche* Barracas.

En definitiva, lo que Bruno quería contarme eran los sinsabores provocados por un vecino patotero que lo tenía a mal traer. Bruno vive por Soldati y ahí no es raro que la suerte te ponga de vecino a algún desquiciado. Gentuza que anda transando merca y saliendo de caño. La cuestión era que lo que había empezado como una discusión entre vecinos, alguna puteada entre borrachos y cosas así, había ido escalando en violencia verbal. Y de la otra. Porque con esta gente una cosa va llevando a la otra y es imposible correrse de la situación. Un vidrio roto. Un auto rayado. Un parabrisa embadurnado con la gotita. Canteros destrozados. Y así. Últimamente, todo había empeorado. Un perro del malandra se había muerto cagando sangre, este había culpado a Bruno y a los tres o cuatro días la gata de mi tía —que vive con Bruno— había aparecido desollada, colgando de un palo en el jardín. Como remate, el susodicho había amenazado prender fuego a la casa de Bruno y quemarla con toda la familia adentro.

Mientras Bruno me contaba la mala sangre que le hacía pasar el vecino, yo comía el vacío con puré que había servido el Kristos. Se pasa, me acuerdo que pensé, no sé cómo hace el coso este, pero se supera permanentemente. Bruno casi no había tocado su plato, en parte por falta de apetito y en parte porque quería contarme todo con lujo de detalles. Ahora que había terminado de hablar me miraba en silencio, como esperando. Terminé el vaso de vino y me serví otro del pingüino blanco sobre la mesa. Kristos sabe cuidar los detalles. A mí los pingüinos me pueden. No conozco un solo boliche que sirva vino en pingüinos y que se coma mal. No señor, es cuestión de orgullo y de corazón. Se lo digo siempre a los médicos residentes cuando vamos llevando un traslado en la ambulancia. Le llené el vaso al Bruno y lo animé a comer dándole un sopapo cariñoso en la oreja. Mientras comés, le dije, te voy a contar algo que le pasó a una amiga mía, una flaca que conozco desde hace años. Ya está, siempre el mismo calentón, sí, cogemos de vez en cuando, le concedí, porque vi que se animaba un poco. Yo ahora estoy solo, pero antes, cuando estaba mi mujer, también la veía cada tanto. No te voy a decir el nombre, mejor que no lo sepás, digamos que se llama Delia. Sí, boludo, no te riás,

Delia. Vive no muy lejos de acá, cerca de Chiclana y Boedo, en un pasaje que antes se llamaba Las Naciones, aunque todos los que vivían ahí eran napolitanos, es decir, gringos de mierda, para los porteños de la época. Es irónico. Cuando yo era chico, los hijos de los gringos de mierda despotricaban contra los negros y cabecitas venidos del interior; hoy son los hijos de los provincianos los que reputean contra los perucas, paraguas y bolitas.

Bueno, te decía que fui un día a ver dónde vivía porque me insistió, que dale, que vení a ver mi casa del árbol, que esto y lo otro. El lugar es una casona antigua reformada por el dueño actual, que edificó hacia arriba, generando ocho habitaciones con baño y cocina. Bueno, en realidad nueve, porque en el pulmón del edificio se mandó la casa del árbol, con base de troncos, paredes de madera y techo de tejas a dos aguas. La cocina queda en un nivel más bajo que el dormitorio, al que se llega por una escalerita marinera que debió haber sido de alguna pileta de natación. El departamento es como una oreja gigantesca que amplifica todos los sonidos del edificio. Desde el dormitorio, Delia escucha todo lo que ocurre a su alrededor como si pasara ahí mismo, dentro de su habitación. Por eso, la noche que empezó todo se despertó de repente asustada, con la sensación de que varias personas querían entrar en su cuarto. Luego de unos segundos se dio cuenta de la situación. Ocurría en los pasillos del edificio y en la vereda, donde varias personas se peleaban a los gritos. Se escuchaban insultos y amenazas de muerte. Delia reaccionó por reflejo y se lanzó al techo del vecino para esconderse. Desde allí podía escuchar y ver lo que pasaba sin ser vista. Los cinco peruanos que tenía de vecinos corrían de la casa a la esquina y vuelta a la casa. En la esquina estaban los chicos del barrio.

Me detuve un momento para ver si Bruno me seguía. Había recuperado el apetito y atacaba con entusiasmo el vacío al horno. Se había relajado un poco, así que proseguí.

Delia les dice así, los chicos del barrio. Son unos chabones de la barra brava de San Lorenzo. Forman uno de los tantos grupitos que paran por las esquinas de Boedo. Crearse un problema con uno de ellos significa creárselo con toda la barra, que responde en bloque. Son *lumpes*, dice Delia, afanan y venden droga, hay gente que los busca. Así funcionan, para ellos mismos, para el club y para cualquier otro patrón. Son una fuerza de choque, a disposición de los dirigentes futboleros y del partido político que los contrate. En el barrio, los vecinos no los llaman *lumpes* sino *saladitos*, porque es un grupo agrio y frío.

La cuestión fue que estaban entonces gritándose cosas. Los de la esquina aullaban: *Peruanos de mierda, los vamos a matar a todos*. Uno de los de la barrita sacó una faca y lo punteó al peruano que tenía más cerca, rebanándole el muslo. El peruano cayó retorciéndose de dolor y sangrando como un chancho. Otro corrió a llamar al SAME. Al rato sonaban las sirenas y aparecía la ambulancia junto con la Gendarmería. Los barras comenzaron a dispersarse. Uno se quedó atrás para gritarles a los peruanos: *Los voy a matar a todos, negros de mierda. Ya sé dónde viven. Me la van a pagar, esto no queda así.*

Con el quilombo de las sirenas, Delia se animó de a poquito a asomarse, a salir de su escondite y, finalmente, a bajar a la calle. Un gran charco de sangre brillosa y coagulada marcaba el lugar de la vereda donde había sido acuchillado el peruano. Del charco salían pisadas gelatinosas y vio marcas de sangre oscura en las paredes, señalando el itinerario del herido, que había buscado instintivamente su cuarto, para esconderse o buscar un arma, vaya uno a saber. De allí habían tenido que bajarlo los paramédicos para llevárselo en la ambulancia, junto a otros dos. Los peruanos restantes, con caras compungidas de víctimas inocentes, estaban con la Gendarmería, que los interrogaba. Las voces le llegaban a Delia desde la vereda y los pasillos, igual que le habían llegado en la casa del árbol:

Al Willy le metieron un tiro.

Vienen a matar el hambre y encima te chorean.

Al Flavio le abrieron la pierna como una chucha.

Le sacan trabajo a los argentinos.

Al Ray lo clavaron pero no sabemos si es grave, se lo llevaron en la ambulancia.

Si allá en su país se cagan de hambre en las calles.

Cuando los gritos, los comentarios de pasillos, las sirenas y las opiniones voladoras terminaron de apagarse ya eran como las cinco de la mañana. En un rato me tengo que ir a trabajar, pensó Delia, haciendo esfuerzos para desenganchar su mente de la noche transcurrida. A las 6:30 se levantó, bajó y sacó su bicicleta. La apoyó en la pared del pasillo de entrada para abrir la puerta de calle. Cuando se asomó a la vereda, miró involuntariamente hacia el lugar de la mancha de sangre. Alguien había intentado una limpieza torpe con una escoba. Las largas estrías negras de los coágulos se estiraban hacia el cordón de la vereda como dedos descarnados. Cuando levantó la vista vio la sombra salir del zaguán y acercarse a ella. Lo reconoció, todos en el barrio lo conocían. Tatín era el jefe de los chicos de la esquina. Delia notó al momento que se encontraba en estado deplorable. Habló como para sí mismo, pero en voz alta, como para asegurarse de que ella lo escuchara:

Ah, el balcón de la casa es bajito. Traigo una faca, me *colo* y los mato a todos estos peruanos.

Delia intentó hacer como que no había escuchado, se ajustó los auriculares ostentosamente y se volvió para buscar su bicicleta. Tatín, desmintiendo su embriaguez, saltó con ella hacia la penumbra del pasillo.

Vos sos la perrita de estos negros, ¿no?

El aliento era de fernet y los ojos bailoteaban en el fondo de las ojeras. Mostrame qué les hacés. Aun sin mirar hacia abajo, Delia supo que él tenía en la mano una verga fláccida y pálida. La otra mano sacó del bolsillo una faca oxidada y desprolija. Cuando ella vio que los ojos se movían espasmódicamente, alargó el brazo y tomó la verga. Su mano tenía el frío de la mañana y del miedo, pero la cosa entre sus dedos no lo tenía menos. Se acordó ridículamente de una publicidad de heladeras en la TV. En ese momento, el camión de la basura se detuvo frente a la entrada, con los gritos y ruidos habituales. Delia se zafó de un empujón y tironeó la bicicleta hacia la calle. Montó y comenzó a pedalear con fuerza, sin mirar para atrás, mientras Tatín le gritaba a su espalda que volvería a buscarla. Ya sabía lo que haría ese día luego de la jornada de trabajo. Hablaría con su ex, el padre de sus hijos, le diría de la conveniencia de que los chicos no fueran a su casa hasta que la cuestión se tranquilizara, no fuera a ser cosa. Sería un gran trastorno para ella, tendría que olvidarse de traer los chicos los fines de semana.

Hice una pausa para llenar de nuevo los vasos. Bruno había terminado el plato y prendido un cigarrillo (la fonda del griego es de los pocos lugares que quedan donde no te joden los no-fumadores). Seguía la historia con atención. Entre pitada y pitada se hurgaba los dientes con un palillo. Yo seguí contando.

Transcurrió una semana en una calma tensa. Delia me mantenía al tanto (ahora estábamos juntos todos los días) y me traía —entre mate y cogida— los retazos de historias que armaban los sucesos de aquella noche. Yo ya me había dado cuenta al entrar al edificio de Delia de que la barrita de la esquina y los peruanos habían establecido un sistema de guardias para vigilarse, turnándose día y noche. En vista de esto, yo había optado por aparecer por ahí con un overol azul, una gorrita y una caja de herramientas en la mano, anunciando que estaba haciendo un arreglo, sin especificar bien cuál.

Cómo había sido la cosa me lo contó unos días después el dueño del edificio, decía Delia. Los peruanos estaban meta birra y porro con Tatín, el jefe de la barra. Se emborracharon y comenzaron a boquear y a zarparse de palabra: *Ustedes los argentinos*, bla, bla, bla... Al principio, el barra lo tomó en broma, pero ante la insistencia de los peruanos, comenzó a calentarse. Los peruanos (cinco en total) estaban chochos, tenían un argentino para desquitarse de una vez, para decirle lo descontentos que estaban por el trato que recibían de parte de una ciudad que no terminaba de aceptarlos. Las palabras subieron de tono rápidamente, transformándose en insultos. Tatín se hartó, se levantó y comenzó a increparlos, recordándoles dónde vivían y que gracias a la Argentina tenían trabajo y comida y que si estuvieran en Perú no tendrían ninguno de los beneficios que tenían acá. La discusión se desmadró, los peruanos comenzaron a golpearlo, Tatín se defendió y logró escapar. Cuando volvió no estaba solo. Había desplegado a los chicos de la barra según un plan cuidadosamente estudiado, bloqueando las bocacalles alrededor de la casa de los peruanos, para cerrar las vías de escape.

Los peruanos se defendieron, pero se llevaron la peor parte. Los tres que subieron a la ambulancia fueron a parar a un hospital, donde el médico de guardia les dijo que debido al exceso de trabajo que tenían no podrían atenderlos hasta el lunes (esto pasó un jueves). Tuvieron que volver a su casa caminando y sangrando. Los de la barra de la esquina habían jurado muerte a todos los peruanos de la cuadra. El dueño del edificio, que había entendido la gravedad de la situación, le dio a la Gendarmería todos los datos de sus inquilinos, autorizándolos a que "procedieran con sus cosas", sea lo que fuera que esto significara. Luego entregó una nota a todos los inquilinos, informándoles que a aquellos que habían participado del hecho de sangre no les sería renovado el contrato de locación.

El día que Delia me había contado lo del Tatín se había negado a que la tocara, pero después se le había pasado y habíamos vuelto a coger como siempre. Igual, yo le notaba el miedo. La mina trataba de tener una posición equilibrada frente a los peruanos. Reconocía rápidamente las reacciones de xenofobia, que muchos vecinos no ocultaban. Yo no tengo problemas con los peruanos —decía—, solo que si les das confianza se te meten en la casa y te vacían la heladera, sobre todo cuando están en pedo. Lo que sí no me banco

—reconocía— son los chinos y los negros mota de África, es ese olor particular que tienen lo que me genera rechazo. Puedo charlar con ellos y relacionarme, pero a un metro de distancia. Un par de veces me pidió que me quedara a dormir con ella y yo me quedé, aunque no me gusta exagerar, porque después las minas se te malacostumbran. Se iba tempranito a la mañana y yo me quedaba en la cama un rato más, fumando y tomando unos mates. Pensaba, mientras veía los noticieros.

Unos días después, todo se iba a precipitar. Una mañana, uno de los peruanos, el Willy, apareció degollado en su departamento. Era el que el día del quilombo pareció que le habían metido un tiro, pero nada que ver. Se ve que el que lo hizo entró por el balconcito y lo agarró dormido. El chabón dejó enchastrado de sangre todo el departamento. Yo desaparecí prudentemente unos días, hasta que todo se tranquilizó. El overol y la gorrita los quemé en casa y la caja de herramientas (sin herramientas) y las otras cosas las tiré en un basural…

Bruno se había quedado mirándome fijo los últimos minutos. La ceniza de su cigarrillo era una larga columna grisácea que, cuando pudo hablar, cayó sobre el mantel. Pero quién lo mató, quiso saber, intrigado. Yo me encogí de hombros. Eso imaginalo vos, quién puede haber sido. El Tatín anda desaparecido. Lo busca la cana, lo buscan los de la barra brava porque se fue con un vuelto, lo buscan los peruanos, que son gente de temer cuando te metés con ellos. Delia testificó en la investigación lo que el chabón le había dicho aquella mañana en el zaguán. Ese mismo día (yo la mandé) lo fue a ver al dueño del edificio y le exigió mudarse al departamento de Willy, previo negociar un descuento por recibirlo con las paredes manchadas con sangre. Los otros peruanos se quedaron en el edificio. Curiosamente, la muerte de Willy les despejó el camino de problemas. Se había involucrado la embajada del Perú, interviniendo para sugerir un episodio de discriminación y para encontrarles trabajo. Los fiscales estaban con un ojo atento para que no se repitieran incidentes y la policía controlaba la zona. Con el jefe desaparecido, la barra se dispersó hacia nuevos emprendimientos. El Tatín está fregado. Si aparece, es boleta. Quién puede dudar de que lo del peruano fue cosa de él. Como dice siempre Kristos en el boliche, quién no tuvo ganas alguna vez de matar uno de estos.

Como lechiguana en sulky

Ya sé que le tiro los galgos a la Helenita. Los galgos o los perros, me parece que se dice igual. Los perros del corazón. Los galgos de la entrepierna. O al revés. Pero ella me rechaza. Ganas tiene. Pero tiene miedo. Quiere creerme, pero no me cree del todo. Y es casada, además. Eso también. No es lo más importante, para mí. También hay algo en el rechazo que tiene que ver con un conflicto de clase. Aunque es cosa de ella nomás, ¿eh? Ojo. Por mi lado no pasa nada, está todo bien. Pero ella tiene en el fondo una desconfianza atávica. Yo soy enfermero y ella es mucama. Y qué.

Bueno, pero no es mi historia con la Helenita la que yo quería contar. Porque me pasó algo el otro día que me dejó pensando. Todo empezó en un traslado en la ambulancia, hace ya un tiempo. Yo tengo mis años, pero cada tanto me piden que vaya. Sobre todo si son traslados de recién nacidos. Yo tengo *mano*, ¿viste? Estoy acostumbrado, porque trabajé muchos años en neonatología. Muchas minas ahí, sí, pero, en general, todas del tomate. Mucho mambo. Con los mandatos culturales, con las expectativas, con el estrés, con la competencia. Es raro ver en esos lugares gente contenta con su trabajo. Todas como desilusionadas, como que estarían mejor en otro lado. *Como lechiguana en sulky*, me acuerdo que decía un tío viejo del barrio, cuando yo era pendejo. Ahora andan todas con lo de Brasil. Que los brasileños vienen a buscar médicos y enfermeros a la Argentina, que ofrecen no sé cuántos miles de dólares. Y casa y eso. Sabés qué te van a dar los brazucas, ¿no? No son ningunos pelotudos esos.

Posta que ahora voy a la historia.

A esta médica, la Entrerriana, la conozco hace más de un año. Me cae bien, laburadora, poco hinchapelotas, cero histeria. Cuando fuimos la primera vez juntos en un traslado empezamos a hablar de comidas. ¿Viste que uno habla de comidas con la gente que no conoce y enseguida encuentra tema? Yo le decía que había ido a comer con una amiga a un restaurante de comida árabe por Hurlingham, y le contaba del *laben*, las *svija* y la tripa rellena. ¿Tripa?, me dijo. Sí, le contesté. Abrió los ojos. Nosotros las hacemos a la parrilla, rellenas con fariña. Se admiraba de la coincidencia. Y me contó que era entrerriana, de un pueblito cercano a Gualeguay, y que en el campo de su padre, cuando carneaban animales, hacían chanfaina y tripa rellena con fariña.

El día este que te cuento empezamos a charlar apenas empezó el viaje, como dos compañeros que ya se conocen. A Pilar me acuerdo que era el traslado. Y la Panamericana estaba gomosa como un chicle al sol. Teníamos para largo. Por suerte, el bebé iba lo más pancho en la incubadora. La madre, una paraguayita casi adolescente, iba dormida y despatarrada en el asiento junto a los pies de la incubadora. Por momentos, el vaivén de la ambulancia le ladeaba la cabeza, las mandíbulas dormidas se acomodaban por inercia y quedaba con la boca abierta, emitiendo cada tanto un ronquido. La Entrerriana me contó de su vida y yo un poco de la mía. Venía de una familia de campo, pero con guita, amasada a la sombra de la soja. Ambiente muy conservador. Religioso. No eran aristócratas, pero tenían mucho orgullo. Mucho respeto al estatus, a las familias como ellos. Menos mal que estaba la universidad de Corrientes, si no la Entrerriana, mierda que hubiera estudiado. Rosario y Buenos Aires estaban fuera de los límites. No la hubiesen dejado. Además, por supuesto, en Corrientes iba a estar el novio.

El novio, dije yo con sorna. El novio. La Entrerriana me miró como con lástima de que yo fuera tan bestia. Y además se le mezcló en la lástima otra cosa, ¿podés creer? La Entrerriana me miró como una mujer que mira a un hombre que le atrae. ¿Podés creer? Una pendeja. Pero así pasa. No es la primera vez. O a lo mejor me vio chichoneando con la Helenita. Las mujeres se fijan mucho en eso. Están atentas. Sobre todo cuando andan calientes.

En ese momento, la boluda de la Gorda Viole, que la pasaron de Contaduría a su antiguo puesto de ambulanciera por motivos psiquiátricos, pegó una frenada, y la paraguayita se fue de culo al suelo de la ambulancia y se mordió la lengua y empezó a sangrar y a gritar en guaraní al mismo tiempo, y el bebé en la incubadora pegó un salto y se largó a llorar a los alaridos y a ponerse morado, y la Entrerriana que se arreglaba la falda, y yo que no podía terminar de sacarme de la cabeza esa mirada que le había durado una fracción de segundo. Pajero, me dije, y fui a poner un poco de orden en el quilombo.

Un par de horas después, viajábamos de regreso, los tres en los asientos del frente de la ambulancia. La Viole iba dura y fruncida, después del bardo que habíamos tenido en la puerta del hospital de Pilar, mientras la Entrerriana hacía el *delivery* del crío a la Neonatología. Te digo que se me cruzó un caballo, porfiaba la Gorda. Yo estaba seguro de que se había quedado dormida por un segundo, y al despertarse apretó instintivamente el freno por el cagazo. Tan jaboneada había quedado que ahora ni parpadeaba al volante, así que yo me quedé tranquilo. La Viole sabe que, así como pasó de Contaduría acá, puedo hacer que vuelva al toque al infierno circular de las oficinas de arriba, de donde —si quiere salir— va a tener que tirarse de una ventana, o matar a alguna de las compañeras que la forrean para poder ir a la cárcel, o garcharse al baboso del contador, que ya le pasaron el santo de que no se le para y te tenés que pasar todo el tiempo metiéndole los dedos en el culo y masajeándole la próstata. Un asco. Seguro que va a manejar bien.

Mientras tanto, la Entrerriana me desasnó de lo que significaban los lazos del noviazgo en sus pagos. Al novio lo había conocido en el colegio, cuando todavía no tenía quince años. Se podía decir que eran vecinos, porque el campo de los padres de él tocaba algún ángulo remoto del campo de los padres de ella. El noviazgo, con la bendición de ambas familias, había superado el colegio secundario, había pasado a la facultad compartida en Corrientes (me pregunté si la habría desvirgado en el secundario o después, pero no dije nada) y había continuado luego en la residencia de ambos en Buenos Aires (la Entrerriana había terminado la de Neonatología y el novio estaba terminando la de Traumatología).

Al novio ya lo estaban esperando: había un nombramiento para él en la nueva Unidad de Trauma y Shock del hospital de Gualeguay (creada como parte de la estrategia turística de la ciudad), y, además, un traumatólogo pariente de la madre lo esperaba ansiosamente para que lo ayudara a operar en una clínica top de Paraná. Le gusta mucho la guita, dije yo. Era una pregunta, claro, pero la Entrerriana lo tomó como una afirmación y se encogió de hombros.

La Entrerriana, en cambio, no desea salir de Buenos Aires. Según dice, siente que su ciclo en la ciudad no se ha cerrado. ¿Y tu ciclo en el noviazgo, sí?, le pregunto, poniendo a propósito cara de boludo. Me voy a casar, Ángel, a fin de año. Yo la miro por un instante. Bien ahí, le digo, ¿y estás bien con eso, estás contenta? A veces, me dice la guacha. Vas como lechiguana en sulky, entonces. Se ríe. ¿Eso qué es?, pregunta. No me digás que no conocés las lechiguanas, le digo. Estamos más tranquilos, más relajados. Sí que conozco las lechiguanas, dice, pero cómo es en sulky. Yo me encojo de hombros. El tío viejo no lo dijo. Supongo que la lechiguana irá entre incómoda y enojada, con ganas de picar al que se le cruce. O, tal vez, asustada, la chuzeo un poco. O contenta, retruca la Entrerriana. Piola la pendeja.

La Entrerriana y su novio deben estar cerca de los treinta. Los dos más o menos igual. Ya viven juntos desde hace dos años. Cuestión de ahorro, explica, aunque yo sé que problemas económicos no tienen ni tendrán. Pero ahora deben pasar a la fase siguiente de la convivencia. El casamiento formal, con iglesia, vestido, fiesta y viaje de bodas regalado por la familia a Panamá y Santo Domingo. Encima, el novio anda estresado con la residencia, y ella es la que tiene que ocuparse de todos los detalles y de la infinidad de decisiones irrisorias que hay que tomar.

Como lechiguana en sulky, tal cual, me dice. Lo dije, es piola la pendeja.

Después de ese día, la vi poco a la Entrerriana en el hospital. Yo estaba mayormente en la Guardia de Emergencia y no me tocaron traslados de Neonatología. Hasta la noche de la tormenta. Que se venía anunciando desde hacía una semana. Era un mes de julio raro, más que invierno parecía una estación indefinida, con un calor bochornoso, húmedo y espeso como una melaza. Para algunos era consecuencia del calentamiento global del planeta. Otros afirmaban que era clara la influencia de los incendios en Córdoba y la culpa del gobierno de turno. La Gorda Viole confiaba en la capacidad perceptiva de sus juanetes, que preveían un adelantamiento inusual de la tormenta de Santa Rosa.

Que se vino nomás. Después de un día insoportable y desapacible, se largó una tormenta de aquellas, con rayos, truenos y viento, en medio de una oscuridad brusca como un mal presentimiento. Luego, el granizo golpeó el universo de techos de chapa hasta acallar cualquier otro sonido. Las piedras deshicieron los brotes tempranos de los naranjos que bordeaban el hospital. Y en Neonatología rompieron un vidrio, con lo que la tormenta amenazaba cargarse con un par de incubadoras, con ocupantes y todo. La Guardia de Emergencia había quedado desolada. La gente había preferido no arriesgarse y esperar en las casas. Ni soñar con mover la ambulancia hasta que no amainara un poco.

La Unidad de Neonatología parecía una postal de un noticiero de guerra. Todo lo que podía volarse —recetas, historias clínicas, radiografías, tiras de electrocardiogramas, planillas— se había volado y ahora yacía desparramado por doquier. A través del agujero abierto en la ventana, con su vidrio estallado, entraban sin concesión el viento y el agua. Las enfermeras, los médicos y algunos familiares ayudaban a mover las incubadoras fuera del alcance del chiflete. Escuché atrás de mí la voz de la Entrerriana, casi antes de que ella hablara. Bueno, menos mal que llegó la Cruz Roja, dijo, y se le notaba que se alegraba. Sí, Entrerriana, yo también te quiero, le dije, decime qué querés que haga, que estoy cargado de ozono y puedo sacar chispas.

Después de laburar un buen rato con las incubadoras, monitores y respiradores, pasó lo que ninguno quería mencionar. El tucumano de Mantenimiento había traído un panel de telgopor y había tapado la ventana rota. A pesar de eso, el resplandor del rayo se filtró a través del panel como si hubiera sido papel film. Hubo después una fracción de segundo de silencio y luego una tremenda explosión que se mezcló con el trueno más fuerte que yo había oído en años. A continuación, se cortó la luz y todas las alarmas comenzaron a sonar al mismo tiempo. En días normales, unos segundos después de un corte de luz, el enorme y moderno grupo electrógeno se activaba como un oso salido del letargo, y la luz volvía, al menos en las áreas críticas del hospital. Pero ese día no iba a ser un día normal. Los segundos pasaron y no hubo luz que volviera como un perdón del cielo. Los equipos de las terapias intensivas —monitores, respiradores, incubadoras, bombas de infusión— tienen sus propias baterías, pero es raro que todas funcionen bien simultáneamente. De hecho, cuando las alarmas empezaron a ponerse frenéticas, previniendo el colapso final, empezamos a ordenar un poco las cosas con la Entrerriana, distribuyendo las tareas entre todos los que se encontraban a tiro.

En estas situaciones, uno de los puntos más críticos es atender a la respiración de los recién nacidos más pequeños, así que la Entrerriana y yo nos hicimos cargo de los pacientes en los que el equipo de respiración asistida tenía las alarmas al rojo. La asistencia manual con una bolsa de reanimación, para inflar acompasadamente los pequeños pulmones, es una tarea delicada, se puede hacer un desastre si uno no tiene cuidado. Una vez que uno toma el ritmo y se concentra, es como que el cuerpo comienza a aprender, se siente la presión que se hace en la mano que oprime cadenciosamente la bolsa, se observa el pecho diminuto del recién nacido que también se adapta y comienza a subir y a bajar al ritmo de la mano, como una pareja de bailarines bien coordinados.

Esa noche el corte de luz iba a durar mucho más de lo habitual, tanto que al otro día se armaría el quilombo y rajarían al encargado de Mantenimiento del hospital (lo mismo le iba a pasar al secretario —o no sé qué *cazzo*— de Energía del municipio). La cuestión es que hubo que traer un grupo electrógeno móvil de Campo de Mayo, que terminó apareciendo como a las cinco de la mañana.

A mí me ganaba cada tanto la cadencia monótona de mi tarea. El pequeño dentro de la incubadora se había relajado y parecía dormir. Yo mismo cabeceé más de una vez. Al recuperar bruscamente el alerta, veía a la Entrerriana, un par de incubadoras más allá, que me miraba con fijeza. Yo le sonreía y le guiñaba el ojo, haciéndome el canchero, sobre todo para que no notara que me había dormido por una fracción de segundo. En algún momento de la noche sentí a alguien a mi lado, que controlaba que todo anduviera bien. La cercanía de la Entrerriana me mareaba un poco, pero me despertaba como si me hubiera mandado adentro un litro de café. Posta que se daba cuenta de que yo me quedaba dormido.

Como la tormenta, la noche había escampado. Detrás de los ventanales que daban al patio y al antiguo tilo, la madrugada apuraba una luz sucia, como de ceniza. Sentado en la silla, yo sentía como si los huesos se me desmoronasen, intentando rendirse ante la gravedad, para formar un túmulo ordenado y estable en el suelo. Por lo pronto, los brazos se me desmoronaban más que las piernas, estas más que la columna vertebral, esta más que el cerebro, que resistía la grisura del día y el alejamiento de la cuchilla afilada de la noche vivida.

La Entrerriana se apareció a mi lado, con un vasito de plástico en la mano. En lo primero que pensé fue en el café lavado y omnipresente del hospital, reinando en grandes cafeteras de acero brillante, eterno. Café eterno, eternamente recalentado en eternas cafeteras de acero, la eternidad con gusto a cafeína reciclada... No, al oler el vasito que me alcanzaba la entrerriana pegué un respingo. ¿Qué es? Cómo qué es, ¿no sabés que día es hoy? Pensé. Primero de agosto, gurí, despertate. ¿Y? ¿No sabés el dicho? *Julio los prepara, agosto se los lleva.* ¿Y qué se hace, entonces? Se toma... ¡Eso! La caña con ruda. Con suerte y previsión, se enterró el año anterior. Tiene que ser Caña Ombú. Hoy se toma un traguito para que uno no se enferme. Dale.

Volví a acercarme el vaso a la nariz. Esta vez me di tiempo para oler, debajo de la ráfaga del alcohol barato, el aroma turbador de la ruda.

Dale, Ángel, que todavía tengo que llevarles a las otras chicas.

Es graciosa la Entrerriana. Tiene buen humor. *Hay que pasar el agosto.* Llevé el vasito a los labios y bebí un trago largo del brebaje amargo y mareador.

¿Y, qué tal?, me preguntó. Al levantarme de la silla habíamos quedado bastante cerca con la Entrerriana. Ella no había hecho además de moverse. Me di cuenta de que estábamos solos en la Neonatología, y que el *bip bip* de los monitores se había estabilizado como la respiración de alguien que duerme tranquilamente. Como lechiguana en sulky, le dije. Y la besé en los labios. Un beso corto, pero con intención.

La Entrerriana no dijo nada. Me miró con esos ojos entre celestes y grises de gringuita litoraleña y tomó el vasito de plástico que yo le devolvía. Sin dejar de mirarme, se bebió el resto de la caña con ruda que había quedado en él.

El alcohol y el cansancio me ganaron poco tiempo después. Le dije a la Entrerriana que me iba a tirar un rato en el cuarto de preanestesia del quirófano, que me llamara cualquier cosa que necesitara. Caminé los pasillos silenciosos hasta el piso donde estaban los quirófanos, callados y a oscuras.

Bueno, no tan a oscuras ni tan callados. La luz de una de las salas de procedimientos estaba encendida y se escuchaba una música monótona, como un chiqui-changa interminable. Me asomé por la puerta vaivén del quirófano iluminado. El equipo de aire acondicionado ronroneaba suavemente, un modesto siseo de algún gas resoplaba desde los caños de cobre escondidos tras los paneles de las paredes. Un calor de incubadora había ganado al pequeño ambiente.

Gladys, la enfermera del sector, dormía inducida por el efecto tibio del lugar y del momento. Se había quedado dormida en un rincón, sentada en el piso y con la espalda apoyada contra el ángulo redondeado donde se encontraban las dos paredes. El sueño era profundo, la cabeza caía hacia un costado, tenía el barbijo y los anteojos puestos, los brazos cruzados bajo los senos y las manos aferradas a un doblez de las mangas. Las piernas estaban encogidas, con las rodillas tocándose bajo la barbilla y los pies separados y estrábicos.

Recordé el colegio de mi adolescencia, en alguna mañana lenta y babosa que se arrastraba apenas hacia la hora de la salida. Yo había perfeccionado el apreciado arte de dormir inadvertido en la clase. Para esto, había entrenado al cuerpo flaco a sentarse en un rincón del aula, entre el largo banco de madera adosado a la pared del fondo y la pared lateral, donde quedaba un espacio para introducirse, como una momia en un huaco, las rodillas incrustadas en el mentón, los brazos rodeando las pantorrillas.

El cuarto de preanestesia y recuperación es uno de los lugares más codiciados del hospital. Se usa solo durante las cirugías del día, está siempre impecable, tiene dos camas con sábanas limpias y un baño completo, con ducha incluida. Y lo más importante, tiene dos accesos separados, uno desde el quirófano y otro desde un pasillo externo, ambos con llave. De las que, por supuesto, yo poseía una copia, por una cuestión de antigüedad.

Me saqué la ropa y me duché rápidamente antes de meterme bajo las sábanas ásperas y almidonadas. Tuve la intuición de dejar la puerta sin llave. Perdí el sentido del tiempo. Creo que me había dormido cuando sentí el picaporte, luego la llave que cerraba la puerta, el susurro de ropas que eran colocadas sobre la silla. Después, el cuerpo desnudo de la Entrerriana se deslizó a mi lado.

Pero la historia no duró mucho, solo unas semanas. Yo lo entendí. Me lo dijo cuando estábamos volviendo un domingo a la tarde del fin de semana que habíamos pasado juntos. En San Pedro. Tenemos una cabaña con varios amigos, mayormente pescadores. La Entrerriana demostró ser una pescadora de primera, cosa rara en una mujer, pero a veces se da. Pescamos, cocinamos, cogimos. Hasta fuimos a un boliche a la noche, donde todos nos pusimos en pedo y terminamos bailando entre las mesas.

Ya antes de partir de regreso la noté un poco callada, distante. Cuando volvíamos en el auto me contó el sueño que había tenido.

Resulta que yo tenía que tomar la guardia, me contaba la Entrerriana. Con alguien más. Sabía que tenía un compañero o compañera de guardia, pero no lo veía, no podía decir quién era. Tomábamos la guardia. Era una vieja carpa deshilachada dentro de un *living* en penumbras. El piso de la carpa era un trozo de lona raída, había agujeros en el techo y en las paredes. Me ponía mi ambo de guardia y me metía en la carpa. Me dormía. Sentía la presencia de alguien o algo cerca mío, como si revolviera su sitio para acostarse también. En un momento, sin previo aviso, me incorporaba bruscamente y enfrentaba a la presencia, que parecía sobresaltarse. Sentía un poco de culpa por haber asustado así a mi compañero de guardia. Trataba de ser jovial y amable. Él o ella parecía shockeado por la sorpresa. Yo me reía e intentaba una palmada amigable en el hombro. Rehusaba el contacto. Un pensamiento surgía en mi cabeza. *No es mi compañero de guardia.* Me reía con más fuerza, como de los nervios, tipo *Ja, ja, Jack, sé bien que eres tú el que hace esos ruidos en medio de la noche desde el interior del placard.* Me entró cagazo. En ese momento me desperté...

Apenas termina de contar el sueño, me doy cuenta de que la Entrerriana está llorando en silencio. Le pregunto qué le pasa, pero no acepta que la toque. Decidí que voy a casarme, me dice. La miro sin saber qué contestar. En el tiempo que la he conocido, me he dado cuenta de que este matrimonio no le va a funcionar. Pero... nunca se sabe. Su plan es simple y desesperado, pero no ilógico, eso puedo verlo. No le da el ánimo para romper todo y plantar a las dos familias, a los amigos y al novio. El mandato es muy fuerte, el dolor que producirá en muchos es grande. Ha decidido seguir adelante y casarse, cerrar el círculo armado desde hace años, desde la adolescencia, o tal vez antes. Después, en un tiempo, se va a separar. Será más tolerable para su familia. Se toleran mejor los divorcios y los cuernos que la ruptura del pacto de noviazgo y la promesa de esponsales.

Estábamos llegando a la General Paz. La marea de autos había logrado una cadencia aceptable, aceleraba y frenaba, pero avanzaba con fluidez. Me sentía bien, solo un poco inquieto, algo que no podía precisar bien. *Como lechiguana en sulky*, me dije, mientras encarábamos por la Lugones hacia el corazón de la ciudad.

Judith

Después de aquellos días, cada hombre retornó a su hogar, y Judith
fue grande en Betulia y renombrada en toda la tierra de Israel.
(Libro de Judith, 16: 21)

Parece mentira las cosas que veo
por las calles de Montevideo.
Jaime Roos. *Adiós juventud*

Ángel camina por la calle Pérez Castellano, silbando y dándole la espalda al puerto y al río. Como en esos sueños cíclicos, al fondo de la calle lo espera de nuevo el río ineludible. Las viejas manzanas están como rodeadas de río por los cuatro costados. Uno podría sentarse tranquilamente en una de esas memorables esquinas, con un mate o un vaso de caña en la mano y recibir el amanecer, y luego despedir el día desde el mismo lugar, girando apenas la silla, como si el sol caminara adrede por esa calle.

Ángel esquiva las mierdas de los perros y a algún borracho, envuelto en el sopor de la marihuana. El boliche a su derecha tiene un letrero fileteado que dice *Carpintería Albarellos* y promete *Lustrada de primera*. Justo al frente hay un *Bed & Breakfast* intrusado en una antigua casa de dos plantas. Un hombre petiso y obeso, que viste un delantal de tornero y chancletas, trata de abrir la puerta, pese a su borrachera.

—Estos uruguayos son raros. De la familia, pero raros. Como un primo del campo —piensa Ángel.

En la Pérez Castellano hay aún trazas del antiguo empedrado de Montevideo. Son retazos, pero están. Como cuando una pared se descascara y aparece debajo el adobe inesperado. La Telaraña está en una de las esquinas más añosas de la Ciudad Vieja. La casa arrastra una historia que, sin dificultad, ingresa en el terreno del mito. Se dice que Artigas vivió entre sus paredes de sesenta centímetros de espesor, construidas para defender a los moradores de las balas de los cañones. Tabaré Montesano es el dueño. Debe tener algo más de sesenta, aunque mantiene un aspecto jovial. Cuenta que por esos lugares, en los alrededores del Mercado del Puerto, su abuelo vendía verduras a principios del siglo pasado. Luego le fue mejor, compró la esquina desvencijada e instaló un bodegón, el *Despacho Artigas de comidas y bebidas*. Pero todo el mundo le decía al lugar *La Telaraña*.

—¿Vamos a La Telaraña, *tá*? —se invitaba la gente entre sí. Y eso porque estaba lleno de telarañas, que proliferaban en los rincones y en las grietas, como mechones de vellos de axilas recónditas. Las telarañas eran intocables, porque sus propietarias cumplían una función precisa en la ecología del lugar: mantenían a raya a los enjambres de moscas del puerto, insolentes e insaciables.

Resulta que el abuelo de Tabaré —cuyo nombre era Fausto— había venido de Italia en un barco, junto a cientos de otros iguales a él. Era un joven de dieciocho años. Su compañero de viaje era un hombre anciano. Tal vez no tendría más de cincuenta o sesenta años, pero ya era un anciano. Por algún motivo, el viejo le tomó afecto al joven Fausto. En una de esas noches iguales sobre el Atlántico, le confió que regresaba a la Argentina para morir. Era viudo, su único hijo y sus nietos se habían quedado en la Argentina. Él se había vuelto a Italia. Pero ahora se iba a morir, y viajaba para estar con los suyos.

—Y aquí —le señaló a Fausto una valija de madera con los cantos desportillados, de la que nunca se separaba—, tengo el secreto para hacerse millonario en América. Y voy a regalártelo.

—Y entonces —seguía contando Tabaré, que a esa altura ya estaba metido patas y todo dentro de la historia—, mi abuelo contaba que había abierto la valija y había mirado azorado en el interior, de donde le parecía recordar, al cabo de los años, que salía un resplandor blanquecino, como si abriera la puerta de una heladera. Seguramente el recuerdo de mi abuelo estaba teñido de lo que el hombre le había querido transmitir: nada más y nada menos que el secreto para construir una *luz fría incandescente*, con la cual pensaba volverse rico.

Tabaré hacía entonces una pausa, mientras cebaba con cuidado el mate. Estaba llegando al punto donde lo invadía el desconcierto.

—¿Por qué el viejo decidió confiarle su secreto a él, a mi abuelo, en lugar de guardárselo para sí mismo o para su propio hijo, que hubiera sido lo más razonable?

Eran preguntas que ni el abuelo Fausto primero, ni el nieto Tabaré después, habían podido responderse.

Ángel no iba a decirlo, pero para sus adentros no creía del todo la historia. Si era un secreto millonario, ¿por qué carajo el abuelo Fausto se había pasado la vida vendiendo verduras en el barrio viejo de Montevideo? Se le hacía claro que la cabeza le funcionaba a Tabaré más rápido de lo que él hubiera querido. Se daba manija, arrancaba con la historia, se le disparaba en un momento hacia cualquier lugar, la imaginación tomaba el control y entonces ni Tabaré sabía dónde iba a ir a parar.

El oficio de Tabaré (ya es hora de que lo mencione) es la carpintería, especialmente la restauración de muebles antiguos (*la resurrección de muebles*, dice él). Pero su pasión es la fabricación de instrumentos musicales. Varias decenas de ellos se arrumban en el cuarto de entrada de La Telaraña, que da justo a la ochava de la esquina y tiene una vieja puerta sobre cada calle. La gente pasa, entra libremente, toma un instrumento, movida por la curiosidad o por un impulso, lo golpea, lo frota, lo tañe o lo sopla, el sonido a veces parece llamar a otros, que se acercan, toman otro instrumento, lo hacen sonar, se acompasan. A veces aparece Tabaré y se une al desorden, en general con un tambor pequeño de sonido metálico, que toca con sus manos. Hace nacer un patrón rítmico que crece en el pequeño cuarto y gana la calle. La batucada empieza. Puede durar algunos minutos o, a veces, horas. Otros llegan, toman los instrumentos dejados por el cansancio de los que los antecedieron, comienzan a sonar el parche caliente por el ritmo, que ya vibra solo, aun sin nadie que lo golpee.

Otras veces Tabaré prefiere decir que es *escultor*, señala a su alrededor y habla de sus *estatuas sonoras* o de sus *esculturas musicales*. Y algunas verdaderamente hacen honor al nombre. En el centro del lugar hay una de estas esculturas. Parece un hongo gigantesco, de un poco más de dos metros de altura, hecho de madera y metal, como si fuera la vegetación natural de un planeta metálico. La columna de la extraña construcción es un segmento de un viejo mástil de madera, torneado como el tronco de un árbol, retorcido por algún poder inmenso que ha trabajado mucho tiempo sobre la fibra. Este tronco asienta sobre un pie de piedra, con ondulaciones ramificadas, como las raíces descubiertas de un viejo árbol. Y para completar la analogía arbórea, la "copa" es un gran cuenco de metal, con la concavidad hacia abajo, que recuerda un sombrero vietnamita.

Múltiples resortes y cuerdas metálicas bajan desde el borde del cuenco hasta el pie, como lianas de un gran paracaídas. La contemplación de este híbrido de mundos vegetales y metálicos hace olvidar que es un instrumento musical. Tabaré se acerca, provisto de un banquito, al que se sube para alcanzar el cuenco con una de sus manos abierta. En la otra lleva una varilla recta de madera. Bate el cuenco con su mano abierta y el instrumento responde con un sonido lánguido y moroso. La varilla en la otra mano golpea las cuerdas y los resortes. Surge una vibración musical que te toma por las vértebras y te difumina la espalda hasta la disolución.

El lugar es pequeño, pero las sorpresas parecen agigantarlo. Hay arpas hechas con una costilla gigante, tal vez de ballena, o con un tronco de árbol retorcido y lustrado, más alto que una persona. Desde las vigas del techo bajan hasta el suelo cuerdas metálicas tensas, que pueden ser tocadas con el enorme arco hecho con la rama de un árbol. Hay tambores varios, que cambian el sonido cuando se pone el sol, hay shofars y cuernos, hay instrumentos de cuerda fabricados con materiales vegetales y animales, y gaitas que parecen estar vivas y respirar con disimulo.

Una mujer pequeña y silenciosa recorre el lugar como una sombra atareada. Trabaja en una mesada a un costado del cuarto principal, separada de él por un mostrador de ladrillos. Se adivina un pequeño anafe a gas, pero no hay olores a comida. Tabaré se refiere a ella como Tutuna, es una especie de inquilina que desde hace años utiliza un sector de la vieja casa a cambio de la limpieza.

Tutuna prepara incansablemente sobre la mesada unas bandejas que parecen de alimentos. Sale con ellas a la calle, vuelve un cuarto de hora después, a veces con una bolsa de mercado. Recomienza su rutina detrás de la mesada, incansable. Tabaré se encoge de hombros y muestra las palmas de las manos hacia arriba.

—Nunca voy a saber bien qué es lo que hace. Supongo que tiene una especie de *delivery* de comida vegetariana o naturista. Siempre hay en la zona hotelitos con turistas extranjeros en busca de algo así.

Tabaré se levanta, deja el mate y el termo sobre el raigón de madera que hace las veces de mesita ratona y va a recibir a la gente que se ha asomado por la puerta de entrada de La Telaraña. Tabaré y Ángel están en un cuarto contiguo, mitad taller y mitad depósito, donde se ven instrumentos musicales en construcción o en reparación, junto a herramientas de carpintero o de escultor. Sobre el banco de trabajo, en una caja de madera, descansa, intimidante, un juego de grandes gubias, afiladas hasta la perfección. Alguna parece un garfio amenazante unido a un mango de madera; otra tiene un extremo que se ensancha a una hoja curvada de doble filo. Parecen herramientas antiguas, con los mangos pulidos por el uso, pero las hojas están cuidadosamente afiladas.

Un trozo de tul violeta oficia de puerta de separación entre los cuartos. Ángel alcanza a entrever a los visitantes. El hombre es un anciano alto y fornido, de cabellos blancos sujetados con una cinta detrás de la cabeza; una gran barba le baja hasta el pecho. Lo acompaña una mujer joven y bonita, que oficia de traductora, ya que Ángel escucha que el hombre habla solo en francés. Cree entender que es músico y que ha venido siguiendo la larga fama de Tabaré, construida con retazos de relatos de decenas de viajeros y multiplicada en los caleidoscopios de Internet. Toma algún instrumento y lo hace sonar con autoridad profesional. Tabaré se embarca en una larga disertación —que la mujer joven traduce en forma simultánea— sobre los secretos pitagóricos de las notas musicales y de los números mágicos, que contienen todas las escalas posibles y todas las combinaciones de sonidos que a la humanidad le será dado descubrir hasta el final de los tiempos. La espiral de Fibonacci y el número áureo comienzan a flotar ante los ojos de Ángel, empujados por las pitadas dadas al cigarrillo de marihuana que le ofrecieron en el mercado del puerto, camino a lo de su amigo.

Es en ese momento cuando Ángel ve la figura de la mujer en un rincón en penumbra del cuarto-taller. La mira detenidamente, esperando que se mueva. Se da cuenta de que está conteniendo la respiración. ¿Es Tutuna? No, recuerda haberla visto salir hace unos minutos. ¿Qué está haciendo allí, con esa inmovilidad? ¿Lo está mirando? Ángel siente una inquietud extraña. Al final, se serena y se acerca al rincón. La mujer tiene casi su altura. A pesar de estar hecha de algún tipo de resina, se tiene la sensación de que si uno palpara las ropas que la envuelven —una larga túnica hasta los pies, un manto cubriendo la cabeza— sentiría carnes debajo. En el pecho, la túnica se abre en un escote profundo que deja ver el nacimiento de los senos. La figura lleva algo colgando de su mano izquierda. Con la derecha se cubre la boca, como disimulando un grito de horror o sorpresa. Lo que cuelga de la mano es un objeto inquietante, una máscara oscura, casi negra, un rostro de nariz chata, labios gruesos y orejas animalescas. El labio superior protruye, como inmovilizado en una mueca de eterno desprecio. Ángel adelanta la mano y roza la superficie de la máscara. Tiene un sobresalto al contacto con algo que parece una piel desecada y momificada, como los viejos preparados de anatomía que recuerda de la facultad.

Vuelve a su asiento improvisado con un cajón de madera y permanece pensativo, abstraído, mientras hurguetea entre sus recuerdos, buscando uno en particular. Luego de una media hora, Tabaré regresa. Los visitantes se han ido. Las sombras del anochecer invaden La Telaraña. Ángel acepta rápidamente la invitación del amigo para sacar dos sillas a la vereda. Entre ambos llevan altos vasos con hielo, un sifón, un par de limones y una botella de Cinzano. Mientras lo sigue, Ángel mira a Tabaré: sigue delgado y fibroso como siempre. El andar chueco y hamacado le recuerda que supo ser un buen *wing* derecho y que llegó a probarse en las inferiores de Peñarol, hasta que los meniscos le dijeron basta.

En la calle, la puesta de sol invade y encandila todo, reclamando atención exclusiva. Al verter la roja bebida en los vasos y mirarlos contra la luz del crepúsculo, los rostros se tiñen de manchas púrpuras y sangrientas.

—No había visto la escultura de Judith la última vez que vine —dice Ángel.

Tabaré lo mira perplejo.

—Judith. Con la cabeza de Holofernes en la mano —insiste Ángel.

Ahora Tabaré se pone súbitamente tenso. Finalmente se contiene y parece relajarse.

—No, boludo, qué Judith. Es Melpómene, la musa de la tragedia, con la máscara de Sileno —responde Tabaré y agrega—: Pero es curiosa la relación que hiciste. ¿Y cómo es que sabés vos de Judith?

—Y bueno, hermano, una abuela que se le ocurrió hacerse evangelista, y que se pasaba horas leyéndome la Biblia. Me enteré de más de una historia interesante.

—Y, sí, Judith es *interesante*, como vos decís. Es la única mujer en la Biblia que le pide a Dios que le otorgue el don de las palabras engañosas, para ser una buena mentirosa. Bella y engañadora. —Tabaré sacude la cabeza y se queda en silencio.

—Como Dalila —dice Ángel.

—La diferencia —responde Tabaré— es que Judith queda elevada a la categoría de heroína y a Dalila se le reserva el lugar de la traición y del engaño por dinero. Caso típico de quién cuenta la historia, los vencedores o los vencidos.

Ángel mira a su amigo. Le conoce esa mirada, entre alucinada y vehemente, brillosa como si fueran a saltarle las lágrimas. Tabaré necesita historias para inspirarse, para construir sus esculturas sonoras. No basta que el arpa esté fabricada con una costilla de ballena; tiene que provenir de una ballena arponeada en las Azores después de haber causado la muerte de varios marineros al destruir sus botes. Incluso no es improbable que el hueso tenga una muesca hecha por el arpón. No basta que la columna de su artefacto musical provenga de un antiguo mástil; el navío de donde proviene debe tener una historia sobrecogedora o fantástica.

Ángel se apresura a llenar nuevamente los vasos con el líquido rojo. El atardecer ya es casi un recuerdo. El farol de la esquina arroja una luz torva y escasa. La historia que cuenta Tabaré parece prolongar los reflejos púrpuras del crepúsculo que va quedando atrás.

—Un amigo uruguayo, carpintero como yo, me contó, hace ya mucho tiempo, la historia que me inspiró para hacer esa figura. Le sucedió en Buenos Aires. Lo llamaré Onofre, porque ese era el nombre con el que se lo conocía dentro de Tupamaros. La vida y las convicciones violentas de la época no le habían borrado del todo un trasfondo pueblerino, dado a la imaginación y a la mansedumbre. Cuando tuvo que exilarse, lo hizo primero en Buenos Aires, como estación intermedia hacia su destino final, México o Canadá. La estadía intermedia se prolongó por veinticinco años, hasta que se volvió a Uruguay, a su pueblo, a fines de los noventa.

—A Buenos Aires llegó en el '73, con la primavera peronista de Cámpora, que iba a durar muy poco. Después del golpe del 76 tuvo que invisibilizarse. Sobrevivió haciendo changas de carpintería y restaurando muebles. Era bueno en ambas cosas, como carpintero y como sobreviviente. Eligió vivir en distintas villas de emergencia de la ciudad, era una forma de mantenerse en el anonimato y de mudarse rápidamente si hacía falta. Recaló primero en la villa de Colegiales, crecida en los terrenos del ferrocarril Mitre, entre playas de maniobras, callecitas cortadas y terraplenes con altos pastizales. Ahí llegó a jugar algunos partidos en el Atlético Fénix, que tenía la sede social y la cancha por la zona.

—Después del golpe del 76 se pudrió todo. Lo peor fue que el intendente de la dictadura decidió cumplir su visión grandilocuente de una ciudad moderna, surcada por autopistas elevadas. Era imperioso lograr que en esa nueva Arcadia vivieran solo aquellos dignos de merecerla. Por supuesto que las villas de emergencia no cuajaban en sus planes. El Mundial de fútbol del 78 les puso un término perentorio. Los extranjeros que visitaran Buenos Aires no debían ser ofendidos con visiones indecorosas. Las villas comenzaron a ser desalojadas de prepo y con topadoras, bajo el paraguas de un presunto imperativo moral y estético, que escondía en realidad la oportunidad de buenos negocios inmobiliarios.

—El brazo ejecutor del intendente era un comisario de apellido Salvatore, pero todos lo conocían como "Poronga". El *Poronga* Salvatore. Tenía un pequeño ejército de personajes oscuros y violentos, acostumbrados a cumplir sus órdenes a rajatabla y sin miramientos. Los operativos estaban planeados como una campaña militar en pequeña escala. Incluían una etapa inicial de *congelamiento*, en la que cada casa de la villa se marcaba con un número y se hacía un censo de los ocupantes, para evitar nuevos asentamientos. Luego se implementaba una estrategia de *desaliento*, para desmoralizar a la gente que permanecía en las viviendas: se clausuraban los quioscos y los mercaditos que abastecían la villa, se impedía la recolección de la basura, se tapaban adrede los desagües, se cortaba la luz y el agua sin aviso previo y por tiempos indeterminados. Las maestras y los curas que actuaban en las villas eran amenazados. Los atropellos constantes tenían por objeto llegar al último paso —la *erradicación*— sin voluntad de resistencia. Los habitantes eran relocados en otras villas —en condiciones aun peores—, eran expulsados hacia sus provincias o países de origen, o simplemente sacados de sus casas mientras observaban a las topadoras que demolían las precarias paredes entre las cuales habían vivido. Los terrenos eran así *liberados*, mientras los camiones recolectores de basura de la Municipalidad cargaban gente y enseres, que eran dejados a la intemperie en algún descampado del conurbano, en La Matanza, en Lomas de Zamora o en Merlo.

—La villa de Colegiales fue una de las primeras en caer bajo el santo furor restaurador. En la volteada cayó también el Club Atlético Fénix, que fue obligado a abandonar los terrenos que ocupaba desde hacía décadas y pasar a vagabundear por distintos estadios prestados hasta recalar —años después— en Pilar. Onofre decidió trasladarse al Barrio Belgrano, hacia el lado de Mataderos. El lugar había sido bautizado como "la Villa 15", aunque dentro de ella se identificaban varios sectores. Onofre fue a parar al que se conocía como *Villa Betún*. La mudanza fue a instancias de Yodi. La había conocido en Colegiales y había entablado una relación con ella. Nunca me aclaró hasta dónde llegaba esa relación. Por otro lado, tampoco sabía demasiado sobre ella. Yodi vivía con su hija, una adolescente obesa y llena de acné, que parecía no tener muchas luces y que se llamaba, o le decían, Julita. Ambas eran muy morenas, casi mulatas, con un resabio africano en sus pieles, sus cabellos y sus movimientos. Los ojos, en cambio, vacilaban entre el gris y el verde. Onofre estaba seguro de que Yodi era brasileña, pero ella de eso no hablaba. Una vez que le preguntó, Yodi se sonrió de manera enigmática y dijo que no, que era de Misiones, de El Soberbio, un puerto sobre el río Uruguay donde se hablaba más portugués que portuñol, y más portuñol que castellano. Pero en una oportunidad en la que Onofre vio, en el cuarto que ocupaba Yodi con su hija, un recorte de un diario brasileño sobre un episodio de violencia contra una comunidad campesina, ella había sacudido la cabeza con tristeza: *Anos de chumbo*, recordaba Onofre que ella había dicho.

—De dónde venía no era la única zona de oscuridad en la historia de Yodi. Vendía productos de belleza y chucherías de fantasía a domicilio, tenía un grupo grande de clientas en varios barrios. También en las villas, parecía conocerlas a todas muy bien. Pero corrían historias sobre los verdaderos medios con los que se ganaba la vida, que iban desde la de ser una bailarina desnudista en los cabarets del Bajo, pasando por la que afirmaba que era una sacerdotisa umbanda que vendía su magia a pedido, hasta historias que iban más lejos aun, aunque Onofre estaba habituado a no darles demasiado crédito. Además, sabía que las ventas a domicilio le servían a Yodi para el *contacto con las bases*, como decía, ya que militaba en el Movimiento Villero Peronista…

Tabaré hace un alto en el relato y entra a La Telaraña. Una brisa con olor a río barre por un momento la calle. Tabaré vuelve con un banco de madera y algunos víveres haciendo equilibrio en sus manos.

—*Cativelli* y *Conaprole*. Estamos en Montevideo, no hay dudas —dice Ángel y se apresura a acomodar el pan, el salame y el queso sobre la mesa improvisada, para que Tabaré pueda seguir con el relato.

—Cuando el intendente y el Poronga pusieron la mira en Villa Betún, comenzó el operativo *congelamiento* habitual. Sobre las puertas de las precarias casitas se pintó un rectángulo negro con un número. Luego pasaron a la fase de *desaliento*. El grupo de tareas era una decena de individuos mal entrazados, que se movían en dos Falcon y una camioneta. Su jefe era un morocho grandote y grasiento, de mirada vidriosa. Lo llamaban *Bagazo*. Sobre él también corrían historias. Se decía que había ganado los favores de los milicos por su actuación contra la guerrilla en el monte tucumano, siendo apenas un cabo de las fuerzas armadas. Había llamado la atención por la crueldad despiadada y el coraje temerario, en partes iguales. Sus debilidades eran la violencia, el alcohol y las mujeres. Ya de regreso a la ciudad, el grupo que comandaba había ganado una sórdida fama por los abusos y violaciones, consentidas y hasta incentivadas por el Poronga Salvatore.

—Yodi no tardó en cruzarse con el Bagazo. Cuando los rectángulos negros aparecieron una mañana con los números borrados, de algún lado se filtró la versión de que Yodi había organizado la cosa. Bagazo empezó a acosarla casi diariamente, mientras se iba desarrollando el operativo habitual: cortes de agua y de luz, desmantelamiento de los pequeños mercaditos armados dentro de la villa, obstrucción de los desgües con basura, descargada durante la noche por camiones recolectores, que la traían desde otro lado de la ciudad. Además de las amenazas e intimidaciones, Bagazo no dejaba de hacerle a Yodi propuestas soeces, cada vez más imperiosas.

—Qué fue lo que precipitó el desenlace no lo sé bien, parece que uno de los vehículos apareció un día con las cubiertas tajeadas y los faros rotos. Bagazo se volvió loco. Antes de irse del lugar, buscó una víctima propiciatoria. Vio un perro negro que husmeaba indolente entre la basura. Sacó un arma y le disparó tres veces. Los estampidos sonaron como el inicio fatídico de una carrera.

Al día siguiente, cuando pasó largamente la hora en la que Julita debía haber vuelto de la escuela, Yodi comenzó a inquietarse. La inquietud aumentó cuando transcurrió un par de horas más. Cuando Onofre iba hacia su taller de carpintería, con un bolso de herramientas al hombro, Yodi lo llamó al interior de su casa. Cuando lo puso al tanto, Onofre trató de calmarla, mientras pensaba qué era lo mejor que podían hacer.

—Era ya media tarde cuando el Falcon y la camioneta se detuvieron en frente de la casa de Yodi. Los matones bajaron y se desplegaron en abanico, riendo y jaraneando entre ellos. Yodi salió a la puerta. No había expresión alguna en su rostro. La mirada era inexcrutable, pero firme. Finalmente, del Falcon bajó Bagazo. Estaba visiblemente borracho. Se dirigió hacia Yodi. En ese momento, del auto salió un grito apagado, seguido de un llanto. Bagazo giró, trastabillando un poco al hacerlo y levantó un dedo amenazante, ordenando silencio. El sollozo de Julita se amortiguó detrás de los vidrios oscuros del automóvil. Onofre, casi por impulso, abrió su caja de herramientas, tomó una gubia afilada y se dirigió hacia la puerta, pero lo detuvo el gesto imperioso de Yodi, hecho con una mano detrás de su espalda, que los demás no podían ver. Onofre acató el gesto y se quedó dentro de la vivienda, disimulándose detrás de una cortina, en un rincón que oficiaba de placard. Su puño seguía cerrado alrededor del mango de la gubia, de hoja impecablemente afilada. Afuera, Bagazo se acomodaba ostentosamente el bulto de su pantalón. *Parece que va siendo hora de sacar a tomar aire a La Tonta*, le dijo a Yodi. *¿Qué decís, Negra, la sacamos a bailar?* Alguno de sus secuaces había encendido la radio de uno de los vehículos a todo volumen. La cumbia atronaba el aire.

—Yodi no dijo nada, ni se movió. Nada en ella revelaba lo que estaría sintiendo. *Años de plomo*. El pensamiento cruzó por la mente de Onofre, oculto tras la cortina, entre las ropas que lo rodeaban del olor de la mujer. Finalmente, el cuerpo de Yodi se relajó y le hizo a Bagazo un gesto irónico de invitarlo a pasar a su casa. Cuando entró y Yodi lo hizo sentar a la mesa, de espaldas hacia donde él estaba, Onofre sintió que el cuerpo se le tensaba. Trató de relajarse. Yodi sacó una botella de ginebra Llave y sirvió dos vasos generosos. Tomó el de ella de un solo trago. Bagazo, picado, hizo lo mismo y pidió otro con un gesto. Volvió a zampárselo de un trago y pidió un tercero. *Bailá*, le dijo a Yodi, *como lo hacés para tus clientes.* La cumbia seguía atronando afuera. Las caderas de Yodi comenzaron a moverse al ritmo, primero suavemente y luego con más energía. Bagazo estaba visiblemente borracho. Onofre, desde su escondite, escuchaba la respiración, que parecía un ronquido. Yodi empezó a desabrocharse la blusa. Al ronquido se superpuso una especie de suspiro con flemas. Onofre, sin verla, supo que la mirada de Yodi estaba puesta sobre él y supo lo que la mirada le comandaba. Sin pensar y sin pasión, salió de detrás de la cortina para cumplir el gesto que se había imaginado meticulosamente en los minutos previos. Bagazo casi ni reaccionó cuando Onofre lo tomó de los cabellos tupidos y grasientos y tiró la cabeza hacia atrás, para descubrir el cuello sudoroso donde asentar el golpe. Clavó la gubia profundamente, hacia los vasos vitales, como le habían enseñado de chico que había que hacer para degollar un chancho. Luego, hizo un movimiento rápido hacia el centro, hasta alcanzar los vasos del otro lado, seccionando la tráquea en el camino. Hay que reconocer, pensó Onofre en ese momento, que este pataleó mucho menos que un chancho. El cuerpo voluminoso de Bagazo pasó a la inmovilidad y flaccidez, mientras el charco de sangre amenazaba llegar hasta donde estaba Yodi.

Tabaré se detiene, pausando el relato. Los últimos minutos parece haberse olvidado del interlocutor y recitar la historia para sí mismo, o para alguna visión interior. Mientras recupera el ritmo de la respiración, escudriña el fondo de la calle, como esperando ver surgir algo del río en sombras. Ángel ha pasado a cebar el mate. Le ofrece uno a Tabaré, que lo acepta en silencio, antes de seguir.

—Onofre sintió que no podía sostener los brazos y los dejó caer al costado, en un gesto de enorme cansancio. En la mano tenía aún el arma homicida, sobre cuya hoja la sangre había formado un coágulo rojo, brillante como laca. El rostro de Yodi seguía siendo inexpresivo y decidido.

Tal vez Onofre pensó en algún personaje de la Biblia o de alguna tragedia griega, cumpliendo su destino atroz. La mujer le alcanzó un vaso de ginebra y luego fue hasta la caja de herramientas. Eligió cuidadosamente durante algunos segundos, luego tomó una gubia de hoja corta y curva, probó el filo y se acercó al cuerpo desarticulado por la muerte. Tiró nuevamente de los cabellos, esta vez para inclinar la cabeza hacia adelante. El primer tajo lo hizo sobre la piel del occipital, un tajo horizontal, casi de oreja a oreja. Luego, partiendo desde la mitad del primero, hizo un segundo tajo, esta vez vertical, subiendo hasta la coronilla, y deteniéndose un poco más allá. Onofre, lentamente, se fue dando cuenta de lo que ella iba a hacer. Le vino el recuerdo de su niñez en el campo, recordó aquella vez cuando cuereó por primera vez una araña junto al río. Yodi, como si hubiera adivinado lo que él estaba pensando, le dijo con dureza: *Eso, hacé de cuenta que estás desollando un zorro que se te metió al gallinero.*

—La cumbia seguía aún machacando cuando Yodi salió a la puerta con el objeto en su mano. No se había abrochado la blusa y el espacio entre sus senos brillaba con la humedad del sudor. Alguien apagó la música y el silencio tuvo la contundencia de un martillazo. Pareció ser la orden para que los vecinos empezaran a salir de sus casas. Julita abrió la puerta del Falcon y fue corriendo hacia su madre, pero una vecina la contuvo antes de llegar. Yodi avanzó unos pasos hacia el grupo de Bagazo y alzó la mano con lo que llevaba en ella. Luego, con un gesto de infinito desprecio les arrojó a los pies el resto sanguinolento de lo que había sido la cara de Bagazo, que quedó como una máscara mirando al cielo. El grupo de seis o siete matones quedó paralizado, los miembros colgando al costado del cuerpo. Lentamente, los vecinos habían ido saliendo y rodeando la escena, llenos de pavor, pero decididos. La atonía del grupo de matones pasó de los miembros a su voluntad, hasta que alguno dio media vuelta, balbuceando una orden entre dientes y se subió a uno de los vehículos. Los demás lo siguieron, en silencio. Cuando se dieron cuenta, los vecinos estaban solos.

Un perro se acercó a olfatear el trozo de carne y reculó con temor, alejándose. La máscara de Bagazo quedó en el pavimento sucio, el labio superior protruyendo, como inmovilizado en una mueca de eterno desdén.

—No se dio mucho espacio en las noticias a la muerte de Bagazo. Más aun, los detalles macabros fueron cuidadosamente ocultados, no convenía una mala propaganda a pocas semanas de comenzar el Mundial. El plan fue terrible, pero efectivo. Yodi había entendido qué era lo que necesitaba para lograr sus fines. A los *escuadristas* no los detendría simplemente la muerte. Debían temer algo más allá de ella. La policía investigó poco y mal, más ocupada en los operativos contra militantes políticos. Y la gente de la villa guardó silencio. Había códigos que se respetaban en esa época. El Poronga y su jefe renunciaron a pasar la topadora por la villa, y, en su lugar, se construyó un largo paredón que impedía verla desde donde se suponía que iban a pasar los visitantes. Desde entonces y hasta el día de hoy se la conoce como *Ciudad Oculta...*

La noche se ha cerrado sobre la Ciudad Vieja. Los amigos se levantan para entrar las sillas y los bártulos que llevaron a la vereda. Tabaré se adelanta para encender una lámpara. El resplandor suave crea nuevas sombras en el cuarto. La silueta de la mujer con la máscara en la mano se alarga hacia un rincón.

—¿Y qué fue de ellos después de semejante historia? —pregunta Ángel, más por romper el silencio que por otra cosa.

Tabaré se encoge de hombros, como impotente.

—De Yodi y de su hija no se supo más nada. Quizá se volvió a la frontera. Onofre volvió a Uruguay años después. Regresaba a su pueblo. Antes, nos vimos un par de días en Montevideo. Me regaló su caja de herramientas. Volvía a su pueblo a trabajar en el campo.

—Y todos los detalles de la historia... —Ángel no termina la frase.

Tabaré acomoda cuidadosamente las gubias en la caja de madera y cierra la tapa. Por un instante mantiene la palma de su mano sobre la vieja madera laqueada, con un gesto que a Ángel le recuerda a un médico tomando el pulso a su paciente. La visión que convocó la historia va disolviéndose de a poco. Más tarde, en la puerta, se despiden con un abrazo.

Al otro día es domingo. Ángel tiene pasaje por la tarde en el Buquebus a Buenos Aires. Igual se hace tiempo —como siempre que está en Montevideo— para pasarse un par generoso de horas en la feria de Tristán Narvaja, ese conglomerado gigantesco de montevideanos que se reúnen los domingos en el Cordón para hacer todo lo que se hace en una feria, desde armar una batucada o un trío de tango en una esquina, comer un plato de buseca con un vaso de *tannat*, comprar discos antiguos de vinilo para coleccionistas o regatear por un par de zapatos de cuero. Ángel busca entre la multitud la librería de la calle Paysandú que siempre visita. Se especializa en libros raros y antiguos. Ángel compra de vez en cuando alguno, más por compromiso que por otra cosa. Le gusta el ambiente, con sus viejos estantes de roble, llenos de libros apilados, fotografías y objetos sorprendentes. Todo está siempre mutando y moviéndose en la librería, como si fuera un organismo vivo y cambiante. Esta vez lo sorprende en la vidriera un busto de hombre, con toga y birrete. En el lugar de la nariz, el escultor ha puesto un espéculo vaginal, que parece un pico de pato a medio abrir. En un letrero colgado sobre el pecho están escritos los versos de Lautréamont sobre el *Hombre Pato*. Afuera, en la vereda, un dúo de guitarras canta una chamarrita. *Pardos, negros y blancos, criollos y gringos; todo abunda en la feria de los domingos*, dicen los versos.

Ángel decide caminar de regreso al puerto. Tiene tiempo. El domingo se asienta sobre la ciudad como un jarabe espeso y somnoliento. En la esquina de 18 de Julio y Yaguarón hay un viejo y feo edificio, con la arquitectura geométrica y funcional de los años cincuenta. En otras épocas supo ser el cine Trocadero, pero ahora es un templo más de la Iglesia Universal del Reino de Dios. Grandes marquesinas machacan entre signos de admiración "¡Basta de sufrir!" sobre una calle y "¡Jesucristo es tu Rey!" sobre la otra. Haciendo equilibrio en una saliente en lo alto, en el ángulo del edificio que da sobre la ochava, una figura de mujer desafía la intemperie. Tiene algo en la mano, que al principio Ángel no reconoce. Luego lo hace. Una máscara. *Una máscara*. La estatua de Melpómene (¿o es Yodi?) en las alturas, haciendo equilibrio sobre la ochava. Se dice que ahora sabe de dónde se le ocurrió a Onofre la idea de su escultura. Habrá pasado por esa esquina tantas veces. Se da cuenta de que pensó *Onofre* en lugar de Tabaré. Ha caminado ya varias cuadras y está llegando a la imponente estatua de Artigas, sobre su caballo, que exhibe impúdicamente unos testículos del tamaño de sandías colgando del bajo vientre, mientras conduce a su jinete hacia el Palacio Salvo.

Ángel se encoge de hombros, con una sonrisa.

—Estos uruguayos son raros. De la familia, pero raros. Como un primo del campo —piensa Ángel.

Y luego se sorprende pensando: *yo hubiera hecho lo mismo*.

Los martes rojas

—No sé por qué, pero los libros de Bolaño siempre se rompen.

Yo la miré sin entender. Y seguramente con cara de idiota, porque puso voz de paciencia infinita.

—Por las hojas, digo, ¿ves cómo se despegan?

Los libros que se desarman producen una sensación incómoda. Había comprado *Putas asesinas* en el subte, en un arranque, por leer algo. El tipo es bueno, me gusta. Si hubiera sabido que iba a ser el comienzo de la historia que finalmente fue, hubiera comprado una revista de jardinería, más me hubiera valido.

—De las dos palabras, ¿cuál es para vos el sustantivo y cuál el adjetivo?

La miré, desconcertado. Había dejado el libro sobre la mesada del quirófano, a un costado.

—Vos estás medio dormido. Al título del libro me refiero. Ojo con la respuesta, mirá que ahí puede estar la clave de la historia.

La doctora Bernulli me devolvió la mirada desde arriba de sus anteojos. Eran unos anteojos anticuados, de esos que ya casi no se ven. Los sostenía con una cadenita anacrónica, como un rosario de pequeñas cuentas de vidrio de colores. Solía usarlos apoyados en la parte media de la nariz, lo que le permitía mirar por encima de ellos, y no pocas veces tenían los cristales empañados o grasosos. Se corrió de la frente un mechón de pelo que se había escapado del gorro de quirófano y volvió a meterlo en él.

Yo me di cuenta en ese momento del sueño que tenía. El olor dulzón del gas anestésico —el *sevo*— me había adormilado en el último cuarto de hora. Entre el sevo y la resaca de la guardia de la noche anterior en el hospital, no podía alinear las neuronas. Las noches de quirófano en el hospital solían ser tranquilas, pero la noche pasada había sido un quilombo. Cesáreas, fracturas, un baleado, una torsión de testículo, un par de acuchillados en una pelea, dos abortos. Igual, no quería perderme las cirugías de la clínica, era un buen dinero extra. Y el doctor Palomino insistía en que yo estuviera siempre cuando él operaba, todos los viernes, en la Divina Paciencia, una coqueta clínica privada de la zona norte.

El doctor Palomino es un importante cirujano infantil. De los más importantes. "Máquina de operar", "Animal de quirófano" y "El bisturí más rápido del Oeste" son algunos de los apelativos que le estampan sus colegas, movidos en partes iguales por la envidia y por el reconocimiento a sus destrezas técnicas y a su eficiente *marketing* profesional.

Es un adicto al trabajo y el ritmo que mantiene es agotador. En la Divina Paciencia, solamente, en *su* quirófano, tiene ocho o diez cirugías cada viernes, una detrás de la otra. Sé que opera, además, en otras tres o cuatro clínicas, en el Hospital de Niños, atiende sus dos consultorios —uno en la zona de Belgrano y otro en Ramos Mejía— preside la Sociedad de Cirugía y dirige una fundación de ayuda al niño invaginado o algo así. Me han dicho, aunque no lo he comprobado personalmente, que tiene una página en Internet (se llama *mundotubebé.com*, o una cosa por el estilo), donde chatea con la gente y responde preguntas de mamás y papás preocupados por sus "gordos", como el doctor Palomino llama —uniforme e implacablemente— a sus pacientes, ya sean recién nacidos, escolares o adolescentes velludos y llenos de granos.

La cirugía anterior había terminado. El "gordo" había sido devuelto, semidormido y farfullando palabras incomprensibles, a la familia que lo esperaba, ansiosa y agradecida. Cuando se trataba de bebés o de niños pequeños, invariablemente era el doctor Palomino el que los devolvía, en sus propios brazos, a la familia anhelante. Creo que lo que más disfrutaba el doctor era ese instante, cuando aparecía, ataviado como un sacerdote, portando la ofrenda, ya extirpado el mal que la aquejaba.

Mientras limpiaban y preparaban el quirófano para la siguiente operación, aproveché para tomar un café y despejarme un poco. Esas maratones de cirugías duraban horas, no había un descanso ni para salir hasta la confitería, había que acomodarse al café de la máquina expendedora, que con las horas parecía volverse inexorablemente venenoso.

Después del café y de haberme aburrido mirando la TV de la sala de estar, compartida por médicos, enfermeras, instrumentadoras y técnicos, volví al quirófano, para esperar el nuevo paciente. La doctora Bernulli ya estaba allí, preparando el equipo de anestesia. Se llama Dora y es buena anestesista, un poco chambona con los detalles, pero aplomada cuando algo anda mal. Y tiene una particularidad más. Es la esposa del doctor Palomino. Gran equipo. Un ariete formidable para arremeter contra hernias, prepucios, apéndices y quistes malsanos.

Sentado en un rincón, mientras se desplegaban alrededor mío los preparativos del quirófano, traté de leer unas páginas de Bolaño, pero la cabeza me divagaba por ahí. Era el cansancio, ya lo conocía, el insomnio por exceso de trabajo y de adrenalina. El fentanilo era una buena solución para estos estados, pero ya hacía tiempo que no consumía. Muy peligroso. Los que entraban y se iban a la adicción estaban jodidos, era muy difícil que salieran. El quirófano era una tentación extra, un tenedor libre de productos gourmet. Fentanilo, morfina, meperidina, ketamina, propofol… Para elegir. Pero el fentanilo… Por algo le decían *la felicidad*…

Para sacar la cabeza del círculo en el que había empezado a entrar, miré de reojo a la doctora Bernulli. Dora. Siempre me daba curiosidad adivinar cómo serían los cuerpos de las mujeres debajo de guardapolvos, ambos, camisolines, gorros y barbijos. La ropa del quirófano ocultaba y engañaba, unificaba y despersonalizaba, esterilizaba las curvas, las protuberancias, las sinuosidades, hasta despojarlas del deseo. Ahora que lo pensaba, nunca había visto a la doctora Bernulli en ropas de calle. Los vestuarios estaban en un sector contiguo a los quirófanos. Uno llegaba desde la calle, se cambiaba en el vestuario y entraba al área restringida ya enfundado en los ambos de trabajo, limpios y sin planchar, cuadrados y ásperos.

No era demasiado alta, pero tampoco baja. Debía tener unos cuarenta largos. ¿O serían cincuenta? Los ojos claros estaban la mayor parte del tiempo acuosos e inexpresivos, cruzados, cuando estaba molesta, por algo que se parecía al golpe de voltaje que hace a veces brillar, con intensidad y por un instante, las lamparitas de luz. Cuando se sacaba el gorro de quirófano, entre cirugía y cirugía, se sacudía un pelo opaco y aplastado, que daba la sensación de una peluca. Creo que acentuaba esta impresión el hecho de que llevaba el cabello partido al medio, lo que la avejentaba notoriamente. Sin embargo, tenía a veces movimientos sorprendentes, ágiles y elásticos, como las mujeres que estudiaron baile clásico en su juventud. Los brazos (la única carne a la vista dentro del santuario aséptico) eran fibrosos y fuertes. Debía hacer algún deporte. O gimnasio, ahora estaba de moda entre las mujeres hacer fierros.

Dora Bernulli era la anestesista exclusiva del doctor Palomino, dondequiera que este operara, en el Hospital Infantil o en la clínica privada, y a la hora que fuera. Excepto por un día a la semana. Ese día, desde hacía años, la doctora Bernulli mantenía su actividad profesional en una esfera totalmente distinta. Hacía una guardia los días sábado, como anestesióloga en un hospital del conurbano, uno de los tantos hospitales en las cabeceras de partido, con nombres difíciles de retener, que celebraban alguna figura local relevante, algún político o benefactor muerto o alguna santa perdida en el santoral. Cumplía esta guardia religiosamente, sin faltar jamás, inmune a las bromas, las chicanas y los consejos, que la instaban a dejar de arriesgarse en esa zona brava y suburbana. Es *mi* guardia, decía simplemente la doctora Bernulli, se encogía de hombros y cambiaba de tema.

Por suerte, la cirugía era la última del día. Desarmé los equipos, me deshice de los descartables usados y acomodé las alacenas y cajones del quirófano para el día siguiente. Casi sin darme cuenta, por impulso, y sabiendo que iba a arrepentirme después, me metí dos ampollas de fentanilo en el bolsillo del ambo. Solo en caso de que no pudiera dormir. Recogí mis cosas para marcharme. De entre las páginas de *Putas asesinas* se deslizó algo. Era una tarjeta totalmente negra, con unas palabras escritas en letras plateadas. Decía *Celeste & Salvaje. Tragos, música, encuentros.* Abajo, en letras muy pequeñas, la dirección de un blog. Del otro lado, alguien había escrito con birome y en letras de imprenta: *Puedo ser cualquiera.*

En el viaje de regreso a casa, mientras conducía el auto, di vueltas y más vueltas al asunto. Hice un listado mental de quién podría haber puesto la tarjeta. Las candidatas se alinearon en mi cabeza, solo para ser descartadas enseguida. A regañadientes, como para no dejar cabos sueltos, agregué también algunos *candidatos* a la lista. A mí no me llama para nada el chico-con-chico, pero en el ambiente del quirófano es frecuente y cada tanto yo tenía que esquivar algún lance. En el descarte me quedé con una instrumentadora nueva, colombiana y tetona, que nunca me había dado mucha cabida, hay que decirlo. Igual, no tenía demasiada convicción. Reconozco que todo, la tarjeta, el mensaje, la forma, me habían picado la curiosidad. Y ya se sabe, eso basta para un comienzo.

Recién el sábado pude considerarme repuesto del trajín de los días previos. Ese día estaba en casa, pensando en los planes para el fin de semana, cuando me acordé de la tarjeta. Busqué el blog por Internet y abrí la página. El sitio tenía una estética cuidada y neutra, pero no decía demasiado. No había direcciones, ni teléfonos, ni fotos. Solamente un formulario de datos personales; si alguien quería profundizar la cuestión, ellos se comunicarían. Todo destilaba discreción, buen gusto y cierto refinamiento, sin esquivarle a una promesa sutil de reviente, que se insinuaba detrás

de las máscaras venecianas, de los cuadros de Klimt y de
un link que llevaba a una Asociación Norteamericana de
Clubs Swingers, o algo así. Busqué si había publicidad en el
sitio y encontré algunos avisadores. Ofertas de turismo, con
escapadas a Uruguay, al Tigre o a alguna estancia cordobesa,
fabricantes de licores y de perfumes artesanales, un restaurante de Puerto Madero especializado en cocina afrodisíaca
y una tienda virtual de ropa interior, tipo Victoria's secret,
pero en onda *dark*. También figuraba un sitio de tarot, que
ofrecía *Consultas, videncias y rituales para mayores de 18 años*.
Abrí el link. En la página desfilaban las cartas del tarot. Me
llamó la atención una que representaba al Diablo, con atributos femeninos y masculinos (lo que le colgaba entre las
piernas parecía sostenido por una especie de cinturón). La
figura sacaba una lengua roja y tenía un segundo rostro en
el abdomen, con ojos, nariz y boca, de la que también salía
una lengua, esta vez azul. A los pies de la figura, dos demo-
nios menores, o como quiera que se llamen, un hombre y
una mujer, estaban atados al pedestal del Diablo por unas
sogas en el cuello.

Completé el mensaje con un nombre inventado (supuse
que todos harían lo mismo), mentí un poco en la edad y
bastante en la profesión (me declaré empresario), decliné la
oferta optativa de mandar una foto, apreté *enviar* y me fui a
ver un partido de fútbol por la televisión.

El martes o miércoles recibí un mail con la bienvenida
al club. Había también un número de celular y un nombre
de contacto, *Ziomar*. Pensé que iba a escuchar una voz mas-
culina, pero me sorprendió una voz de mujer, joven y
desenvuelta. Tal vez, me dije, *Ziomar* sería una mujer o un
hombre, según el interesado. La voz tenía un acento pecu-
liar, que no pude precisar. Me hizo pensar de nuevo en la
colombiana. Tuve la sensación de que, imperceptiblemente,
la voz me radiografiaba y evaluaba mi perfil de candidato al
lugar. Anunció el envío de un código por mail, que activaba

la registración. Al activarla, apareció un archivo para bajar e imprimir. Era una tarjeta igual a la del libro de Bolaño. Al dorso estaba escrito el seudónimo que yo había elegido.

Ese sábado visité Celeste & Salvaje. El lugar al principio me sorprendió. Era una calle arbolada y tranquila de Villa Urquiza, a tres o cuatro cuadras de una avenida con bastante movimiento. La dirección me dejó ante una casa antigua, de dos plantas. En su época debió de haber sido casi señorial, tal vez la más encumbrada de la cuadra. El frente estaba un poco descascarado, pero las molduras se veían intactas y las ménsulas artísticas habían sido recientemente pintadas de un tono ocre metalizado. La puerta de la entrada conservaba el roble original y los vidrios decorados y facetados. Unas bocas de pescado de bronce, que asomaban del balcón del primer piso, parecían a punto de vomitarme encima. Pensé que iba a escuchar música, no sé, tipo una bailanta, pero no. Reinaba el silencio. Las pesadas persianas metálicas de la planta alta estaban herméticamente cerradas. Ni luz ni sonidos parecían poder filtrarse a través de ellas. Me acerqué a la entrada, sacando del bolsillo el papel doblado donde había anotado la dirección, y traté de leerlo en la penumbra. Ningún cartel anunciaba que allí funcionara un salón de solos y solas. La luz de un reflector de seguridad se encendió con un *click*. Vi la silueta corpulenta del patovica que se acercaba, entre solícito y desconfiado.

—Caballero... —dijo, y dejó la palabra en suspenso, esperando mi respuesta.

Le tendí la tarjeta, a la que examinó con cuidado, como si no entendiera de qué se trataba. Me pidió que aguardara un momento, con cortesía algo brusca. Tal vez haber fumado un poco me había puesto paranoico. Traté de relajarme. A través de los vidrios facetados vi que el grandote consultaba una computadora en un pequeño escritorio a un costado. Finalmente, me franqueó la entrada.

La escalera de mármol que llevaba a la planta alta era señorial, aunque sin exceso. Los bordes de los escalones estaban redondeados por el uso. La mano se deslizaba con soltura sobre el pasamanos de madera laqueada. La escalera subía rodeando una pared de ladrillos traslúcidos, que dejaban pasar una iluminación suave desde el otro lado. El final de la escalera desembocaba en un vestíbulo de distribución, al que daban tres puertas. Una de ellas decía *Toilettes*, la otra *Privado*. La tercera decía *Salón*. La abrí y entré en el mundo propuesto por Celeste & Salvaje. Era un salón muy grande (probablemente habían unido todas las habitaciones en un solo espacio), un mundo de luz tenue y colores pastel, que admitía columnas y mochetas y rincones en penumbras, de donde salían risas y voces susurradas, y que olía curiosamente a naranja y a especias (lo que me trajo, ridículamente, el recuerdo de las tisanas que preparaba una tía abuela de mi infancia). Sonaba una música hipnótica, no demasiado entrometida. Algo tecno o similar.

Una figura salió a mi encuentro, una mujer joven, con un vestido ajustado que marcaba unas formas contundentes. Me saludó por el nombre de fantasía que yo había dado y se presentó como Ziomar. Sin emoción, como si repitiera un mantra sonriente y ajeno, me puso al tanto de cómo eran las cosas en el lugar. La seguí hasta una pequeña oficina disimulada detrás de una columna. Me pidió la tarjeta de crédito. Explicó que debía firmar un vale en blanco, al retirarme se completaría con el monto consumido. Por supuesto que el gasto figuraría a nombre de una firma, sin referencias a un sitio de solos y solas. Yo asentí con la cabeza, sin prestarle mucha atención. Cuando me devolvió la tarjeta, la gordita sensual me puso en la mano un cilindro de plástico.

—Cualquier duda, me preguntás —me dijo y desapareció en la penumbra tecno, olorosa a naranjas y especias.

La barra del bar era larga y espaciosa. Detrás del barman —un moreno silencioso y reconcentrado— un gran espejo duplicaba el salón. Me senté cerca de la punta y pedí una cerveza. Por un buen rato, me dediqué a observar el lugar y la fauna que lo habitaba. Predominaban las mujeres, solas o en grupos jaraneros, pero también se veían hombres maduros y parejas jóvenes. Las miradas tenían una mal disimulada ansiedad, como un apresto al vacío. Todavía es temprano, pensé. Saqué el tubo de plástico que me había dado la rubia, para examinarlo más de cerca. Adentro había tres pastillas. Una era triangular y azul, ya sabía lo que era. Las otras eran redondas, de superficie rugosa, sobre la que aparecía el relieve de una carita sonriente. Las reconocí. Aunque nunca había tomado éxtasis, me di cuenta de lo que era y de lo que tenía que esperar.

Una mujer muy alta y fornida pasó a mi lado, caminando al ritmo de la música, con algo masculino en la forma de moverse. Me miró con curiosidad sin disimulo, primero a los ojos, luego al cilindro que tenía en la mano. Hizo un gesto de complicidad. Tenía un cuerpo escultural, con unos hombros anchos y músculos muy marcados, que se entreveían bajo la piel lustrosa. Los tatuajes de sus hombros hacían muecas con la música. *Tatuajes.* Me di cuenta de que por todos lados reinaban los tatuajes y los *piercings* más o menos discretos. Con el último trago de cerveza tomé las dos caritas sonrientes de una sola vez. El triángulo azul tendría que esperar, a ver cómo pintaba la cosa. Pedí un *whiskey.* Los posavasos tenían estampadas las figuras del tarot.

No tuve que esperar mucho rato para que comenzara el hormigueo en los dedos y en la sien. Me sentía relajado y ligeramente eufórico. Tenía la sensación casi física de que algo estaba por ocurrir, algo inminente en equilibrio precario. Pedí otro *whiskey* y comencé a recorrer el salón. Sentía la necesidad de mover el cuerpo y desentumecerme. Me pareció que un cambio se había operado en el lugar y en sus habitantes en la última media hora. De los rincones en penumbras salían retazos de conversaciones, como salía el vapor en invierno de los pisos del viejo Hospital Infantil. La música ahora tenía una densidad hipnótica, era una humedad que se pegaba al cuerpo y lo empujaba al movimiento. Me pareció que todos habían comenzado a bailar al mismo tiempo. Miré atrás hacia la barra. El barman morocho batía la coctelera y el cuerpo al ritmo de la música. Una mujer joven y aniñada trastabilló y golpeó contra mí. Me miró como si hubiera visto una hamaca colgada del árbol de la esquina. La mirada era sensual, pero estaba dirigida a alguna escena interior, desconectada de lo que la rodeaba. No sé bien cuánto tiempo pasó. Uno de los efectos del éxtasis es que te hace perder el sentido del tiempo. Yo bailaba abandonado a la música, en medio de un grupo de cuerpos siempre cambiantes. Sentía calor. Sobre un costado del salón se continuaba la pared de bloques de vidrio que yo había visto desde la escalera. Acá permitía unos grandes ventanales que se abrían a un patio interno de aire y luz en la planta baja, donde alcanzaba a verse un pequeño jardín con macetones y plantas, y una fuente revestida de mayólicas amarillas, rojas y azules. Me apoyé sobre el borde del ventanal apenas abierto y el sonido del agua pareció crecer dentro de mi cabeza. Un sonido humilde que lo cubría todo. Me tomé lo que quedaba del *whiskey*. Pensé que tenía que empezar a hidratarme. Las caritas sonrientes te pedían agua todo el tiempo.

En la barra bebí largamente de un alto vaso burbujeante de agua mineral. La mujer a mi lado me miraba con soltura, mientras se movía al ritmo de la música. Era una rubia muy producida, sobreactuada por todos los ángulos, escote adelante, escote atrás, tajo al costado. Le devolví la mirada con confianza y me moví para sentarme más cerca. Estaba pensando que era la hora del triangulito azul, cuando apareció ella y se interpuso entre la rubia y yo. Una mujer joven, delgada, con el pelo muy corto, afeitado sobre una de las sienes, y con un mechón blanco o rubio albino.

Hola, soy Dolores, dijo, o algo así. Tampoco es que me acuerdo de todos los detalles de lo que nos dijimos. La rubia se había levantado con cara de embole y nos había dejado. Me acuerdo, sí, de su nombre, Dolores, y de las piernas largas y bien formadas que revoleó al sentarse. Y de lo que me preguntó en un momento.

—¿Cómo me querés encontrar? Puedo ser cualquiera.

Algo resonó en mi cabeza, pero me hice el que no entendía. Ella hizo un gesto, señalando algo. Seguí la dirección de su nariz y vi el cartel de neón sobre el bar, que prendía y apagaba alternativamente los nombres del lugar. *Celeste. Salvaje.*

—¿Y depende de qué? —dije para ganar tiempo.

Ahora que la veía mejor, no era tan joven como había pensado. Unas arrugas se dibujaban con los gestos alrededor de la boca y en los bordes de los ojos claros, como de un verde aguado e inexpresivo. La piel de los brazos y las manos, en cambio, se veía tensa y elástica. Los brazos eran fibrosos y fuertes. El conjunto me recordaba a alguien, pero no podía decir a quién.

Le miré las piernas que asomaban de una pollera negra, no demasiado corta, que me pareció muy elegante. Aceptó con displicencia mi mirada apreciativa y las cruzó con soltura. En una de las piernas, desde abajo de la rodilla hasta perderse en el arco del pie, tenía un tatuaje intrincado, que envolvía la pantorrilla con arabescos y volutas de humo. Se me ocurrió que entrenaba para algo, maratón, esas cosas. Se lo pregunté. La sensación de que la conocía era más intensa, sobrevolaba la aceleración que yo tenía en ese momento, y que intentaba bajar con el alcohol.

Me preguntó mi nombre y lo que hacía. Tuve un impulso, no sé por qué.

—Médico. Anestesista.

—Entonces, debés conocer la felicidad —dijo con intención, y la sensación de conocerla se intensificó.

—Conozco el viejo chiste —le dije para cambiar de tema—: *Sos anestesista. ¿Cómo adivinaste? Porque no sentí nada.*

Se rió con ganas. A mí me había entrado la calentura y la necesidad de tocarla. Nos levantamos y bailamos un poco, ahí, en la barra, y después fuimos hacia donde había un grupo de gente, al palo con la música tecno. Mientras íbamos, manotié el triangulito azul. Al hacerlo, los dedos chocaron con las dos ampollas de fentanilo, que tintinearon recordando su presencia.

No recuerdo bien cuánto tiempo estuvimos moviéndonos en la marea de los cuerpos. La música ordenaba un latido común desde la boca del estómago. Yo sentía un calor creciente en la ropa, que se me pegaba al cuerpo. Dolores me dio la mano y me dejé llevar. Ella también tenía la mano húmeda y caliente. Mientras la seguía, veía su cuello brillante por la transpiración. La blusa se pegaba a su espalda por la humedad. Otro tatuaje, que no había notado antes, se entreveía en su espalda, entre los omóplatos, algo con alas desplegadas, no sé si una mariposa o un pájaro. O un dragón.

Cuando salimos al vestíbulo de entrada y la puerta se cerró detrás de nosotros, el silencio pareció una bocanada de aire frío. Aunque no era propiamente silencio, ya que el ritmo de la boca del estómago parecía seguirnos a través de las paredes. Dolores sacó un llavero con dos pequeñas llaves. Con una de ellas abrió la puerta que decía *Privado*. Entramos a un pasillo alto y alfombrado, donde los pasos hacían crujir el antiguo piso flotante debajo de nuestros pies. Al pasillo daban varias puertas. Sobre cada una se veía una placa de madera pintada. Noté que repetían las cartas del tarot. Con la segunda llave, Dolores abrió una de las puertas. No pude ver a qué carta le correspondía.

El ambiente era pequeño, pero cálido. Un futón rojo dominaba el centro de la habitación. Había una gran cómoda antigua sobre una de las paredes. Sobre la cómoda, un sahumerio encendido humeaba pensativamente nubes aromáticas entre estatuillas eróticas. Me pareció que era sándalo. Frente al futón había una gran pantalla y una heladera pequeña debajo.

No pude seguir con el inventario, porque Dolores me tomó de la camisa húmeda y me atrajo hacia ella. Apenas las bocas hicieron contacto, sentí su lengua que se hundía y escarbaba en mi garganta, refregándose en la úvula. Sin quererlo, me vino una arcada brusca y tuve que retirarme. Ella se sonreía como un chico haciendo una travesura. Estuvimos en el futón, franeleando y bebiendo un *champagne* de la heladerita. Dolores me sacó del bolsillo las ampollas de fentanilo y las agitó frente a mis ojos. Cometí el error de decir que no había traído nada para inyectarnos. Se sonrió y abrió la pequeña cartera que llevaba. Sacó una jeringa, algunas agujas y un paquetito cerrado, de los que traen un hisopo embebido en un antiséptico. Se llaman *preps* y habitualmente se ven en las clínicas, no en el hospital, porque es merca importada y cara.

Dolores cargó la ampolla con solvencia (rompió la ampolla con una sola mano), colocó la aguja en la jeringa y se dispuso a inyectarme. Yo estaba como hipnotizado por sus movimientos. Mi cabeza era una turbulencia de apetitos desordenados. Quería bailar, quería subir, quería coger, quería dormir. Creo que, sobre todo, quería dormir. Dolores me sacó el zapato y la media, y puso mi pie en su entrepierna. Percibí el calor que venía hacia mí. Metí el pie debajo de la pollera y me di cuenta de que no tenía ropa interior. Apoyé los dedos sobre la vulva húmeda y tibia. Dolores colocó la aguja en la vena del empeine con destreza. Comenzó a inyectar lentamente.

—¿No es la primera vez, no?

Yo negué con la cabeza.

—¿Nunca te pasó lo del tórax rígido con la fenta, no?

Volví a negar.

—Mirá que no quiero hacerte respiración boca a boca hasta que se te pase.

Volví a negar con la cabeza, que me pareció que se había agigantado y se movía en cámara lenta, sacudiendo el aire con un ruido de viento en los árboles.

Vi que Dolores se inyectaba a sí misma, en el pie donde tenía el tatuaje. Claro, pensé, muy conveniente el tatuaje del pie para ocultar los pinchazos. Después me quedé mirando el techo, como adormilado. Sentía la increíble sensación de bienestar y relajamiento que te da el fentanilo, en la que nada te importa un culo. Te deja hacer lo que sea. Se puede operar un paciente en el quirófano, se puede bailar y conversar, se puede ver una película. Y se puede coger en gran forma.

Me di cuenta de que Dolores me había metido la mano en la bragueta y jugueteaba con destreza con el miembro entre los dedos. Yo la dejé hacer hasta que sentí que la pija me iba a reventar como una piñata. Me levanté y la levanté. La besé y la toqué a través de la blusa húmeda. Estábamos junto a la vieja cómoda con su colección de estatuillas eróticas y su sahumerio humeante. La hice girar hasta que quedó de espaldas y le levanté la falda negra, que siseaba al tocarla. Cuando la penetré, dejó salir un largo quejido y dijo algo que no comprendí. Al frente de mí, el tatuaje de su espalda se movía y contorneaba. Ahora podía verlo mejor: era un ángel con las alas extendidas. El ángel era una mujer sentada, con las piernas recogidas y la cabeza apoyada sobre las rodillas. Recordé algo de mi adolescencia ya lejana. *¿Y? ¿La hincaste?*, era la pregunta obligatoria de la barra al otro día de una cita.

No recuerdo cómo me quedé dormido. Desperté sobre el futón, con la boca pastosa y amarga. Dolores no estaba. Tenía la pija tumefacta y caliente como una morcilla recién sacada de la parrilla. Fui al baño, que era pequeño y limpio. La puse bajo el agua fría del lavatorio y la tuve así largo rato. Cuando salí, busqué a Dolores sin entusiasmo en el salón. Posta que no la iba a encontrar. Cuando fui a pagar lo consumido, la gordita sensual me dijo que ya estaba todo pagado. Le pregunté si había llegado justo en el *happy hour*. Con el vale firmado en blanco, me devolvió una sonrisa, e incluyó como *bonus-track* una mirada apreciativa de aquellas. Preferí dejar el auto por ahí y no manejar. Tomé un taxi y me fui a casa.

**

De pie junto a la camilla del quirófano, el doctor Palomino, con las manos enguantadas cruzadas sobre el pecho, parecía un sacerdote listo para iniciar la liturgia de la cirugía. El niño ya estaba dormido, los párpados pegados con un trozo de cinta adhesiva para proteger los ojos. A través del tubo de plástico verdoso que le asomaba de la boca, el vaivén del aire entraba y salía, llevando el olor dulzón del sevorane. Las sábanas descartables celestes ya habían cubierto el cuerpo totalmente, excepto por una abertura cuadrada por la que asomaba el pequeño miembro fláccido y ganchudo, con la piel redundante, como un zoquete a medio poner.

El doctor maniobraba la piel del prepucio, retrayéndola sobre el eje del pene. Al hacerlo, quedaron expuestos los grumos de la sustancia que suele acumularse debajo del prepucio, que parecían restos de pasta dentrífica blanca y endurecida. Yo ya sabía lo que iba a pasar, lo había visto otras veces. El doctor removió la sustancia con su dedo y luego, en un movimiento rápido, se la untó en la mano enguantada a la enfermera que acomodaba los elementos sobre la mesa de operaciones. La enfermera dio un respingo y se rió, con una risita nerviosa, mientras iba a cambiarse los guantes. La broma era habitual, especialmente cuando la enfermera era nueva y joven. Era una boludez de quirófano, con algo de obscenidad turbia y confianzuda, envuelta en un gesto paternal y canchero.

Las semanas que siguieron a mi primer encuentro con Dolores habían sido un tobogán que se empinaba cada vez más. Había empezado a consumir y a cubrir todo el tiempo los empeines cuando me cambiaba en el vestuario. Ya había organizado el acopio de fentanilo. No había sido difícil. Entre el descuido y la devolución de favores, la cosa fluía. Más complicado era conseguir la metadona, justo en esos momentos estaba en falta. Era una válvula de escape para cuando el hambre de *la felicidad* amenazaba con llevarse todo puesto. Lo que iba de mal en peor era el insomnio. Yo ya sabía que no anunciaba nada bueno. Se lo había dicho a Dolores. Habíamos vuelto a vernos cada sábado en C&S (una vez le había insinuado vernos en otro lado y me había mirado como preguntando si la estaba cargando). Lejos del celeste, los encuentros se iban poniendo cada vez más salvajes. El desenfreno subía cada vez un escalón. Terminamos cogiendo en el baño de C&S, en un rincón del patio interior de la casa —lleno de humedad y de la música que se derramaba a través de la pared de ladrillos— o semiocultos tras el tronco de un plátano en la calle arbolada y silenciosa, en una madrugada en la que habíamos salido de la casa a tomar aire.

Igual, yo tenía con Dolores la sensación de que ella mantenía siempre un rincón de frialdad y control sobre la situación. Reconozco que en el estado en el que yo iba entrando, me convenía creer esto, que siempre había alguien cerca piloteando la cosa con solvencia. Por eso, a veces me pregunto sobre la última vez que nos vimos, si esa vez no perdió el control y se fue todo a la mierda.

La última cirugía del día había empezado como a las seis de la tarde. Era una operación larga y encarajinada, un adolescente con varias cirugías previas en el abdomen, el tipo de paciente que no le hace gracia a ningún cirujano. Ni a ningún anestesista. Cuando ya habían pasado las tres horas y se acercaba la cuarta, todos estábamos cansados. Dora Bernulli parecía especialmente quisquillosa. Estaba contracturada, cada tanto iba a un costado del quirófano, se masajeaba el cuello y movía los hombros. Yo estaba pensando en ir a buscar la metadona, porque el hambre de inyectarme había quebrado la tregua y me estaba ganando. Creo que fue en ese momento, cuando miraba a Dora Bernulli que me daba la espalda y hacía movimientos de rotación de sus hombros y de su cabeza, en ese momento tuve la visión, fugaz pero clara como una revelación, de los omóplatos de Dolores, con su ángel sentado y contoneante y su piel brillante por la transpiración y la calentura. Duró solo un instante, pero sirvió para despabilarme del todo. Yo estaba limado, no había vuelta, estaba alucinando en medio del quirófano, con un paciente con las tripas al aire. ¿Qué vendría después? ¿Lo vería al doctor Palomino haciendo patinaje artístico en el hielo, enfundado en un tutú?

Dora Bernulli se detuvo en medio del movimiento, como si hubiera sentido mi mirada en su espalda. Giró y me miró directamente a los ojos. Después volvió a la cabecera de la camilla y tomó el comando sin decir palabra. Yo sentía un impulso urgente de asomarme dentro de su ambo y comprobar si estaba el tatuaje con forma de ángel. En lugar de eso, en un momento dejé caer una pinza bajo la camilla, para tener la excusa de agacharme. Otro pensamiento irrazonable me había atrapado del cogote. *Tal vez podía llegar a ver el tatuaje en la pierna.*

La búsqueda bajo la camilla, entre gasas, compresas desechadas, piernas y botas descartables, duró poco. Cuando estaba por alcanzar unas pantorrillas que me parecían las que buscaba, y hasta me imaginaba entrever algo así como el ala de un pájaro en el tobillo, la cabeza de la doctora Bernulli se asomó de pronto bajo la mesa como de una azotea al revés.

—¿Se te perdió algo, Angelito?

Me levanté de golpe por la sorpresa. Sentí que la cabeza golpeaba contra la mesa de anestesia y casi tiraba el monitor al piso. Una caja llena de ampollas de vidrio se cayó. Las ampollas estallaron contra el piso. Un desperdicio.

El doctor Palomino se detuvo un momento y me fulminó con la mirada. Tenía el rostro colorado y mojado de transpiración. Una auxiliar le secaba cada tanto, respetuosamente, la frente y el cuello ancho y velludo, con una compresa de gasa.

—Ah, no, Angelito, si me van a hacer ese quilombo, me voy a tomar un café y me avisan cuándo puedo seguir operando —farfulló molesto.

Yo tartamudeé una disculpa y a la primera oportunidad, me rajé del quirófano en busca de un poco de felicidad.

El sábado empezó medio cruzado. Ahora que han pasado varias semanas, me cuesta recordar todos los detalles, pero estoy seguro de lo desquiciado de esos días. Desde hacía dos noches que dormía solamente unas medias horas entrecortadas, apenas unos islotes en un mar de insomnio y de *zapping* desaforado, recorriendo de arriba abajo los canales de la televisión. Ya en la puerta de C&S tuve una discusión con el patovica nuevo, que no me conocía. Creo que lo insulté detalladamente porque tuvo que venir la rubia gordita a parar la cosa. El tipo estaba pálido de la rabia, como si fuera a vomitar en cualquier momento. En la barra pedí la cerveza habitual y me tragué mecánicamente las caritas sonrientes y el triangulito azul. Me fijé en el posavasos que me había tocado esa noche. Era la *Maison Dieu*. Había tomado el hábito de leer cuidadosamente en la carta de tarot que me tocaba el presagio de la semana siguiente. Esa noche hubiera preferido otra. La *Maison Dieu* mostraba una torre golpeada por un rayo, de la que se desprendían chispas de fuego como esferas de colores, mientra el techo se desplomaba. Cerca de la base, dos figuras caían desde lo alto, con las patas para arriba.

Dolores estaba desasosegada esa noche, no pudimos hablar mucho, solo bailar y beber. Tengo la vaga idea de que esa vez había algo distinto en la música. Algo tropical, salsa o cumbia. Cuando llegó el momento de las ampollas, nos dimos cuenta de que no teníamos jeringa ni aguja. Ese fue el motivo por el que fuimos a mi auto, estacionado junto a la acera arbolada y silenciosa. La mirada rencorosa del patovica nos siguió mientras salíamos.

—Me acordé de vos —dijo Dolores, mientras manipulaba, junto a la ampolla de fentanilo, otra con un contenido blanco lechoso—. Te traje algo para el insomnio, picante, pero jugoso.

A mí me habían empezado a doler los empeines por la inflamación de los pinchazos. Era una mierda, porque no podía ponerme las zapatillas para correr. Extendí el brazo, mientras palpaba las venas del codo.

Pero Dolores tenía una idea mejor.

Me abrió la bragueta con gesto canchero y comenzó a darme, sin preámbulos, una de esas chupadas portentosas que sabía regalarme. Creo que la destreza de su boca es una de las cosas que más extraño de Dolores, cuando me acuerdo de esos días fuera de pista. Cuando la pija estaba a punto, la dejó por un momento para buscar la jeringa cargada. Yo me tensé un poco, pero por reflejo. La vena del dorso del miembro estaba gruesa y turgente como un cable.

—No te preocupés —dijo—, ¿quién va a sacarte los calzones para buscar marcas de pinchazos ahí?

Yo ni había sentido la aguja. El líquido lechoso empezó a pasar y percibí instantáneamente cómo hacía impacto en el cerebro, directo sin escala. El mundo no se había ido, estaba ahí, pero inconcebiblemente quieto y maleable para siempre. Como en una película cuadro por cuadro, vi cómo Dolores se montaba sobre mí y se acomodaba el miembro entre sus piernas. Creo que dije su nombre, aunque las palabras se arrastraban con dificultad. Hasta puedo haberle dicho *Dora*. Después, no recuerdo nada más.

Cuando abrí los ojos, lo primero que vi fue un retazo de cielo. Insertadas en él, las siluetas oscuras de unos grandes árboles, que tenían la contundencia de las cosas que buscan ser reconocidas. Yo estaba recostado contra una pared. El dolor de cabeza parecía amplificarse con cada latido cardíaco. Intenté incorporarme y sentí otro dolor, en el pecho, que aumentaba cada vez que quería respirar profundo. Pensé, mierda, lo único que me falta es tener un infarto. Me toqué el pecho. El esternón, las costillas y cada músculo dolían exquisitamente, como si los hubieran machacado puntillosamente con un martillo para tiernizar milanesas. La náusea que sobrevino me hizo olvidar el dolor por unos segundos. Traté de entender dónde estaba, aunque no tenía la menor idea de cómo había llegado allí. Estaba sentado sobre una veredita de baldosas grises. Por encima, entreveía una estructura metálica compleja, de color amarillo brillante, con perfiles y barandas y paneles de metal desplegado. Creí adivinar que era algún tipo de escalera de emergencia para incendios, o algo así. Tuve la sensación de que era un lugar conocido. En un hueco debajo de la escalera, un grupo de viejos tubos de oxígeno parecían desentendidos de la situación. Al frente veía una callecita asfaltada, que circulaba entre edificios antiguos, pero bien cuidados, pintados de color crema, con molduras de un ocre amarillento y techos verdes de chapa acanalada. Entendí que era la parte posterior del pabellón de un hospital, separado de otros iguales por retazos de jardines y calles de circulación interna.

Me paré como pude y permanecí un rato apoyado contra la pared. Pasaba gente —camilleros, maestranzas, cocineros, hombres y mujeres con ambos de distintos colores— pero ninguno pareció reparar en mí. Entendí que probablemente estaban habituados a este tipo de escenas. Yo estaba en la parte trasera de una guardia de emergencia, sin la más puta idea de cómo había ido a parar allí. Además, el incorporarme me mareaba y hacía recrudecer las náuseas. Traté de concentrarme en una imagen. Vi una antena de televisión que trepaba desde la azotea de uno de los pabellones, pero era muy alta y me mareaba más tener que seguirla en la altura. Elegí unos macetones de cemento, decorados con cordones y arabescos y traté de fijar su imagen. Cuando calculé que no iba a caerme, comencé a caminar trastabillando, tratando de adivinar la salida por el flujo de la gente que circulaba por los pasillos. Es sabido que, en los hospitales, la gente que está dejando el lugar tiene una actitud diferente a la que está ingresando. Después de detenerme a vomitar en un cantero encontré la salida. El vómito me había dejado un regusto dulzón y picante en la boca. Busqué el pañuelo para limpiarme y mi mano hizo tintinear las llaves en el bolsillo del pantalón. Eran las llaves de mi auto. Alguien me había traído hasta allí y me había dejado en la Guardia.

En la vereda, caminé un poco, oprimiendo la alarma del auto cada tanto, hasta que sentí el hipo electrónico de reconocimiento del vehículo y vi las luces que se encendían. Me detuve. El mareo me llevaba en un viaje ida y vuelta continuo entre la tierra y el cielo. Así no podía manejar, volvería después a buscar el auto. Doblé la esquina y una plaza con altos jacarandás me salió al encuentro. Seguí por intuición a los grupos más numerosos de gente que circulaba, tratando de adivinar dónde estaba. ¿Era la plaza de Flores? Cuando desemboqué en una gran avenida de doble circulación, no perdí mucho tiempo. Fui hacia las paradas de colectivos, elegí uno vacío que decía *Retiro*, me subí y me derrumbé en un asiento del fondo. *Al llegar a la terminal veré qué hacer*, me dije y me dormí.

***

Recién días después fueron llegando algunos recuerdos de esa noche, retazos deshilachados que no se sostenían en la conciencia más que un breve tiempo. Siguen siendo, aún hoy, recuerdos caprichosos, que se resisten a ser convocados cuando yo lo quiero, y que, por el contrario, aparecen en forma caótica y desordenada cuando no los espero, como fragmentos de un rompecabezas sorpresivo y por entregas.

Le conté la historia a mi amigo Kristos, el dueño del restaurante Lo de Kristos por Parque Patricios y uno de los jefes de la barra brava de Huracán. Los últimos días había llovido. Desde la esquina del restaurante se podían ver los resultados contradictorios de la lluvia. Por un lado los árboles del parque Ameghino, exuberantes; por otro, los muros descascarados de la antigua cárcel de Caseros, ahora abandonada y derruida, con las sombrías ventanas enrejadas, rodeadas de un verdín mohoso, como si fuera un rostro con ojeras destempladas.

El griego es un espíritu emprendedor y práctico. *Aritmética impecable bajo presión*, era el lema que había adoptado después de leer el libro de un inglés que se había dedicado a tomar sistemáticamente todos los colectivos de Buenos Aires. Me miró y me palpó los moretones del pecho, alrededor del esternón, e hizo un gesto pensativo, mientras me diagnosticaba fisura de una costilla, cosa que después una radiografía confirmó. Me mandó a ver a un conocido suyo, un neurocirujano del Churruca, que me hizo un electroencefalograma por la pérdida de memoria y puso el mismo gesto pensativo de Kristos.

—¿Te pasó algo? —me preguntó el neurocirujano.

—¿Algo… como qué?

—No sé, como un paro cardíaco —se rió y vi que tenía los dientes manchados de nicotina—, porque estas disrritmias las vemos en la gente que tocó y volvió.

Le mentí que había tenido una convulsión, pero que no recordaba nada. Me insistió en tomar un medicamento anticonvulsivante. Tenía que dejar el alcohol y toda otra porquería que estuviera consumiendo. Le hice caso, salvo en lo del alcohol.

—¿Y qué pasó con la mina? Con la torda esa, me refiero —aclaró Kristos por las dudas—. ¿La viste de nuevo?

Le conté lo que sabía. La doctora Bernulli y su marido estaban de vacaciones. Mariángeles, la instrumentadora colombiana, que últimamente había comenzado a mirarme con mayor interés, contaba una y otra vez el itinerario de las largas vacaciones del doctor Palomino y su mujer. Fanática del turismo-aventura y de los sitios exóticos, Mariángeles repetía con fruición en el quirófano nombres de lugares y actividades del cuerpo y del espíritu que parecían sacados de una de esas revistas exclusivas de las que te dan en los aviones.

—Se van más de dos meses, *ombe* —decía con autoridad de conocedora—; primero un *resort* de esquí en el norte de Japón, de ahí un crucero para bucear en unas islas en Indonesia, después a Rishikesh, en el norte de la India que (además de bañarte y hacer *rafting* en el Ganges) es la capital mundial del yoga, luego unos días de meditación en un monasterio *all-included* del Tibet...

—Y como postre, seguro que van unos días a Las Toninas —comentaba con sorna envidiosa el cirujano ayudante.

—No, no —se apresuraba a corregir Mariángeles, sin percibir la ironía—, vuelven por París, siempre conviene volver por París de estos viajes.

La última derivación para interconsulta que me hizo Kristos, casi como una orden, fue la más importante. Según él, yo tenía que destrabar el bollo en que me había metido. Se requería cirugía mayor. Desatar el nudo y romper la cadena.

—Nunca vas a estar seguro sobre esta mina, te lo digo yo —me decía con total convicción Kristos, mientras me anotaba un sitio de Internet de su teléfono celular.

Consultas, videncias y rituales. El nombre me resultaba conocido, pero no podía decir de dónde. Un par de consultas y una buena tarasca para conseguir lo necesario. Estas velas para rituales no son nada baratas. La vidente —una mujer gorda y achaparrada, con acento brasileño trucho, que fumaba un cigarro de hoja— hizo su prescripción, casi igual que el neurocirujano que me había recetado el anticonvulsivante. Mi memoria todavía no andaba muy bien, por lo que anoté aplicadamente todo lo que me decía. Hoy releo las indicaciones cada martes y me pregunto qué carajo hago dándole bola a esas pelotudeces, pero lo sigo haciendo. Pegué un papel en la heladera con letras grandes, donde puedo verlo bien.

Los martes rojas.

Lo que yo necesitaba —me explicó la brasileña trucha— era *la Vela Roja*, color de la pasión sexual, del signo zodiacal de Virgo y del planeta Marte. Había que encenderla todos los martes, rodeada por siete monedas y por una imagen del arcángel Gabriel, vestido con una túnica rosa, mientras se repetía una oración a Santa Isabel de Hungría. Como en este caso el objetivo era *alejar* el influjo erótico de una persona, había que untar la vela con pimienta.

El ritual pedía también cenizas de papeles quemados. Tenían que ser papeles con alguna relación con la persona que se quería alejar. Revolviendo un poco en la oficina administrativa del quirófano, no me fue difícil encontrar un parte de anestesia firmado por Dora Bernulli. Para reforzar un poco la dosis del hechizo, o como mierda se llamara, arranqué unas hojas de *Putas asesinas* y las sumé a la pequeña fogata que había armado en el patio de mi casa. Me pareció justo.

—Che, Bolaño —como decía mi vieja—, que te lea Mongo Aurelio.

Un cuento de Navidad

A Lucas, por la historia

Esa tarde me dije que era la oportunidad. Ya se sabe. Las fiestas estaban cerca, la gente que estaba sola se sentía un poco más propensa al encuentro. Yo estaba decidido. Invitaría a salir a Nuria, la instrumentadora nueva. Sabía que se había separado unos meses atrás. Era 23 de diciembre. Al calor inusual de la época (los viejos decían que no recordaban haber pasado un fin de año peor en mucho tiempo) se sumaba el aumento inhumano de laburo en el hospital. Todo lo que podía pasar, pasaba seguramente en esos días. La gente acometía los últimos días del año con pasión y fragor. Y era acometida del mismo modo. Los infartos, los derrames cerebrales, los abdómenes agudos, los golpes de calor, los apuñalados, tiroteados, atropellados y violentados de una u otra manera desfilaban incesantemente por la Guardia de Emergencia. Los residentes estaban más boleados y altivos que de costumbre, pero era más que nada por la catarata que los sobrepasaba, sin darles tregua. Las vacaciones parecían lejanas como el invierno del hemisferio norte, sometido a un frío crudo que tapizaba de nieve parques y avenidas, matando siempre algún desgraciado en el camino. Los noticieros sacudían todo el día con la contradicción de imágenes: Europa y América del Norte sufrientes bajo cero, Buenos Aires consumiéndose bajo el calor que se pegaba al cuerpo noche y día, como un aguaviva.

Aquella tarde empezó con un llamado inhabitual de Diego, que cuidaba el portón de entrada a la Guardia, que permanecía cerrado por cuestiones de seguridad.

—Atento, Emergencias —dijo la voz con cierto extrañamiento—, va Papá Noel a la Guardia.

Yo estaba cerca de la radio. Esteban, el encargado, se había ido por ahí.

—Reitere, Portón Uno.

—Va Papá Noel a la Guardia. Camioneta Saveiro blanca. Va en la caja.

—¿Vos te fumaste o me estás cargando, boludo? Mirá que falta para el día de los inocentes —se me escapó por el micrófono.

—Negativo, confirmo situación. Papá Noel entrando para la Guardia —y agregó, con otro tono—: ¿Vos qué carajo hacés ahí, no estabas en quirófano?

—Después tomamos la lechita y te explico, gato. Ah, y desvialo al Gordo y su trineo, porque en la Guardia está el camión de bomberos, que trajo los accidentados del micro en la ruta. Hacelo entrar por Pediatría.

Diego era buen pibe, un poco fumón, pero posta. La voz había sonado entre sorprendida y preocupada. Encaré hacia la entrada de pediatría para esperarlo allí.

La Saveiro blanca venía dando cabezazos y frenadas por la entrada lateral. Me di cuenta de que el conductor tenía cagazo de que se le muriera el chabón que traía antes de llegar al hospital. Le hice señas para que estacionara donde yo estaba. Mientras lo hacía, vi dos manos que sobresalían de los laterales de la caja. El que iba allí se defendía de los saltos y frenadas del vehículo, aferrándose como podía.

—Bueno, inconsciente no está —pensé. Al aproximarse el vehículo, vi una gran masa roja que ocupaba casi toda la caja. Me fijé que tenía unas botas negras hasta la rodilla. *Botas negras, con este calor. Ay, mamita.* En la cabina venía el conductor y alguien que lo acompañaba. En un segundo leí la situación y me preparé. La Saveiro es muy pintona, pero en la cabina entran dos personas y ni un culo más. El herido o enfermo o lo que fuera no tenía otro lugar para viajar que la caja. Sobre el lateral de la camioneta estaba pintado el logo de una conocida cadena de supermercados.

—Papá Noel... se descompuso... —balbuceó uno de los que se bajó. Tenían unas camisas con el logo del mismo supermercado sobre el bolsillo delantero y en la espalda. Estaban mojados de transpiración. Me pregunté si se darían cuenta de lo ridículo que quedaban, entrando a un hospital con un Papá Noel estrolado. Me asomé a la caja. No había dudas de que era el Gordo navideño. La gran casaca roja con bordes blancos, el cinturón negro con la enorme hebilla desaforada. Al sombrero con la borla blanca alguien lo había colocado bajo su cabeza, seguramente para mullirle el viaje un poco más que lo que aportaba la colchoneta de campamento sobre la que lo habían acostado.

—¿Cómo estamos ahí, capo? —le dije, tratando de sonar canchero. Era un hombre mayor, tal vez de unos setenta años, corpulento y obeso. Me fijé que la gran barba blanca no era trucada, sino propia. Sudaba copiosamente y la cara tenía un tinte gris terroso.

—Me duele —se señaló el pecho— el bobo.

Calculé las posibilidades. La Guardia general era un hervidero de gente, bomberos, heridos, policías, cámaras de televisión y familiares de los heridos. Papá Noel iría a parar a algún pasillo, en una camilla, quién sabe por cuánto tiempo.

—Se muere en el camino —me dije—, era obvio que estaba teniendo un infarto.

Decidí que lo mejor era llevarlo a la Guardia de Pediatría, que estaba equipada con un *shock room* de última generación, y asistirlo ahí, hasta encontrarle una cama en la Unidad Coronaria, que seguramente estaría atiborrada como siempre.

Diego, mientras tanto, había dejado su puesto en la entrada y se había venido siguiendo a la Saveiro. Parecía apabullado, como incrédulo de que algo así le estuviera pasando a Papá Noel.

—Andá a Cardiología y buscame un cardiólogo. Decile que tengo un tipo con un infarto en la Guardia de Pediatría —Diego giró y se apresuró a cumplir el mandado—. Ah, escuchá, ni se te ocurra decir que es Papá Noel porque te van a sacar cagando. Andá.

Y pasé a estudiar la logística del traslado del Gordo desde la camioneta a la Guardia. Lo único que había en el *hall* de entrada era una silla de ruedas medio destartalada. No me animé a incorporarlo, me parecía que se desmayaba en cualquier momento. De camilla ni hablar, estarían todas ocupadas. Los dos del supermercado me miraban, acezando como perros. Parecían fuertes.

—Uno de los hombros y otro de las piernas —ordené con economía—. Yo les digo por dónde.

Cuando lo tuvieron cargado y estábamos por encarar el pasillo, el hombre de rojo se inquietó un poco.

—El gorro —dijo con ansiedad—, *el gorro* —insistió. Se lo alcancé y lo puso sobre el pecho. Observé que respiraba agitado. Le ofrecí quitarle la pesada chaqueta roja, pero se negó con un gesto de la mano. El que nos hubiera visto cruzando, raudos y sudados, los pasillos recalentados del hospital, cargando un Papá Noel, podría haber pensado en la filmación de alguna película estrafalaria.

Cuando llegamos a la sala de espera de Pediatría, una multitud de chicos, la mayoría con sus padres, se dieron vuelta para mirarnos.

—Puta que me parió —me dije, fastidiado conmigo mismo. Acababa de acordarme de que ese día se daban los certificados de aptitud para las piletas municipales de la zona, con lo cual la sala de espera estaba llena de chicos enfermos y sanos por igual. Había sido orden expresa del intendente, preocupado por los magros resultados de las últimas encuestas que había encargado sobre su gestión.

La conmoción fue instantánea. Un *Oh* espontáneo salió de la multitud. En un segundo, chicos y padres se agolparon alrededor de Papá Noel, que esperaba que le abrieran la puerta de la Guardia. Los dos del supermercado resoplaban y sudaban como si el infarto lo estuvieran teniendo ellos.

—Aguantará —pensé en positivo, pero me di cuenta de que me estaba dando ánimos a mí mismo. La cara que puso la enfermera veterana que abrió la puerta fue de un patetismo digno de una telenovela mexicana.

—¿Qué, no te avisó Diego? —le dije, pero no iba dispuesto a perder mucho tiempo, así que la corrí a un costado y pasé con mi carga. Antes de que la veterana reaccionara, se metieron por detrás de nosotros las decenas de pendejos que estaban en la sala de espera. Y los padres. Observé de pasada que había padres que buscaban a sus hijos para intentar sacarlos afuera, e hijos que intentaban hacer lo mismo con sus padres. Un quilombo total.

Los paró el *shock room*, que parecía una especie de quirófano de algún plato volador. Las paredes amarillo brillante y los pisos verdes de algún tipo de plástico, junto con los aparatos, monitores, camilla y demás chirimbolos, parecían producir como un pavor ancestral, que frenó a la turba en la puerta. Aproveché y dije en voz alta las palabras mágicas.

—Esto es *área restringida*. Tienen que esperar afuera. Se les informará. —Y cerré la puerta del *shock room*. Algunos se quedaron un poco, tratando de pispear por la rendija de la puerta, pero finalmente se fueron. Los del supermercado estaban siendo atendidos en uno de los consultorios de la Guardia, el que tenía aire acondicionado, que era en realidad lo que les hacía falta.

En el *shock room*, las enfermeras, repuestas de la sorpresa inicial, habían empezado a trabajar con Papá Noel. Le habían sacado la chaqueta, el cinturón y las botas, que habían sido puestos a un costado. La gran casaca roja parecía la piel húmeda de algún animal fantástico que acabara de haber sido cuereado en el matadero. Le habían tomado la presión, lo habían conectado a un monitor y le daban oxígeno por unas bigoteras. También le habían colocado un suero endovenoso, que goteaba como para recuperar el tiempo perdido. Otra de las enfermeras le acomodaba los cables para registrar un electrocardiograma. Era un hombre de gran tamaño, el pecho amplio estaba cubierto de vello canoso hasta los hombros. Había cerrado los ojos y parecía dormir.

Yo estaba por salir a un patiecito trasero para fumar un cigarrillo cuando llegó el cardiólogo, un tipo gordito, de anteojos, con aspecto de haber sido el nerd del colegio y con un fuerte acento centroamericano. Rápidamente vio el electrocardiograma, meneó la cabeza como si estuviera leyendo una premonición funesta y examinó al Papá Noel —ahora despojado de sus atributos— palpando sus tobillos y sus muñecas, mirando las conjuntivas y la boca, tocando el cuello y el abdomen, escuchando el pecho ancho y la espalda.

—Infarto —dijo escueto. Con rapidez y suavidad comenzó a hacer varias cosas al mismo tiempo. Ordenó algunos medicamentos, anotó recetas y escribió indicaciones para las enfermeras, todo mientras controlaba de reojo el monitor con sus números, hablaba con la Unidad Coronaria para encontrarle un lugar al Gordo y le preguntaba como al descuido por detalles de su vida pasada, si fumaba, si tenía presión alta, si le había dolido el pecho antes.

Un rato después, sonó el teléfono. El caribeño habló unos instantes, más que nada con monosílabos. Entendí bien en qué andaba, las palabras *angioplastia* y *cateterismo* me dieron la pista.

—Vamos directamente a quirófano, hay que hacerle una angioplastia —dijo el morocho y se ajustó los anteojos sobre la nariz.

Esta vez trajeron una camilla de la terapia, de las nuevas. Eléctrica, con oxígeno, con monitor, con todo. Acomodamos al Gordo sobre ella. La palidez terrosa de la cara se había instalado como un maquillaje indeleble. Teníamos que cruzar por la sala de espera para llegar a los ascensores del ala donde estaban los quirófanos. Yo ya estaba calculando que Nuria estaría aún allí, lo que me venía de perillas para mis planes nocturnos. Cuando me adelanté a abrir la puerta para que pasara la camilla, tuve que reconocer que no había calculado todo tan bien. La sala de espera estaba llena de gente, de bote en bote. Por lo que podía ver, el largo pasillo de acceso estaba igualmente lleno. Había chicos y grandes, y me di cuenta de que se había hecho un silencio impensado. Todos callaban, los chicos y sus padres, los que estaban de antes y los que habían ido llegando en ese rato. Me imaginé que tal vez la gente hasta había convocado a sus parientes, compadres y amigos para acompañar a Papá Noel en ese trance.

El Gordo en la camilla llegó a ver la multitud más allá de la puerta que yo había entreabierto y vuelto a cerrar. Tenía que pensar rápido.

—Vamos por atrás. Tenemos que dar la vuelta por la cocina y los depósitos y tomamos los ascensores del otro lado. —Hice el gesto de comenzar a girar la camilla.

—No —la voz sonó como un cañonazo. Papá Noel me había tomado del brazo. Sentí una mano fría y húmeda—. No los puedo dejar así, en bolas.

Tardé un segundo en darme cuenta de que hablaba del gentío en la sala de espera.

—Pero... —comencé.

Me detuvo alzando la mano, que le tembleaqueaba un poco.

—No cuesta nada, capo —dijo—. Sentí que tenía razón.

Los otros estaban quietos, esperando mi reacción. Hasta el caribeño esperaba, ajustándose los anteojos de vez en cuando.

—Necesito la chaqueta —dijo el Gordo.

Alguien se la alcanzó.

—Y el gorro. —Esta vez fui yo mismo a buscarlo.

Se incorporó a medias en la camilla y se arregló el gorro. Pensé que más ridículos no podíamos ser, llevando un Papá Noel con oxígeno y suero en una camilla, en vez de un trineo. Lo único que faltaba era que el Gordo pedorro nos hiciera vestir de duendes. O de renos.

Cuando abrí la puerta y la camilla-trineo encaró para el pasillo, el efecto fue alucinante. El silencio que se hizo fue absoluto y un camino de paso se abrió entre la multitud. Escuché alguien que lloraba, me pareció que era una mujer. Avanzamos, escoltados por un mar de carne que se cerraba y compactaba detrás de nosotros. El ascensor esperaba con la puerta abierta. Alguien había tenido el buen tino de adelantarse. Durante el camino, yo lo veía al Gordo que respiraba un poco más agitado y se ponía un poco más grisáceo. Abrí más la válvula de oxígeno y el silbido del gas aumentó.

La camilla entró en el ascensor, la cabecera primero. Papá Noel quedó por un momento mirando a la gente que esperaba algo, en silencio. Alcancé a reconocer algunos administrativos, mucamas y personal de seguridad, con los *handies* en la mano. Diego miraba con preocupación al ocupante de la camilla. Por algún motivo, yo me había quedado junto a la puerta para mantenerla abierta, no sé bien qué esperaba.

Papá Noel levantó los dos pulgares y sonrió ampliamente detrás de sus bigotes de oxígeno y de su barba blanca. Y entonces largó la carcajada cavernosa.

—*Jo, jo, jo...* Tranquilos, chicos... —dijo—, la Navidad está asegurada.

La canción del calíope

A Caupolicán Alvarado.

—Cada noche —dijo la voz de su mujer— dormimos en la boca
de un calíope.
Ray Bradbury. *La componedora de matrimonios*

Al costado del terraplén había un bosquecito de árboles. No
sé qué árboles eran. Estaban todos pelados, sin hojas, o con
un residuo de hojas secas que se movían y desprendían con
el viento. Tal vez eran fresnos, no lo sé bien. Lo curioso era
que en medio de ese bosquecito famélico y reseco había dos
o tres árboles inesperadamente verdes. La impresión que
causaban era que hubieran absorbido toda la savia y verdor de los otros, como un caso de vampirismo vegetal. Me
acordé de Candela. No había vuelto a verla. Había renun-
ciado a su puesto de administrativa en el hospital. Según me
dijo una amiga que la veía de vez en cuando, ahora trabajaba
en una clínica por Pilar. Sí, ya me imaginaba quién le había
hecho de agente de colocación.

El vehículo agarró un pozo en el pavimento y me di un
cabezazo contra la ventanilla. Al tocarme la frente, sentí la
gasa y la tela adhesiva sobre el pómulo magullado. Me dolía
con un dolor opaco y somnoliento. Miré a un costado y lo vi
al Pitu, durmiendo despatarrado sobre un asiento. Éramos
los dos únicos ocupantes del micro escolar. Me incorporé
ligeramente y vi, como al fondo de un túnel, las espaldas
corpulentas del Tucumano Salvatierra, que conducía la nave
traqueteante por el camino que bordeaba la Quema. Aún
era temprano. Todavía los barrios y las villas que atravesá-
bamos no habían comenzado a volcar sus efluentes huma-
nos sobre las calles, las colectoras y las estaciones de trenes.
Seguro que el Tucumano iba con su micro escolar a iniciar

la recolección diaria de niños y adolescentes, para deposi-
tarlos en las entrañas de la Madre Escuela. Confusamente,
pensé que algo no encajaba, porque, según mis cuentas, hoy
era domingo. Bah, decidí, algún programa tendrá el Tucu.
Lo que importaba era que de pasada, nos tiraría al Pitu y a
mí cerca del hospital. El Pitu tenía que conseguir un repuesto para la Partner, que habíamos dejado en La Cachaca. Yo
tenía que tomar mi guardia a las ocho. No tenía tiempo de
pasar por mi casa. Me bañaría en el hospital y me enchufaría
directamente el ambo de quirófano. Al moverme un poco,
sentí el tirón en los pelitos del pecho. Me toqué por debajo del suéter, entre los botones de la camisa. Pasé las yemas
de los dedos sobre una superficie untuosa y extrañamente
sedante. Pensé que tendría que refregarme con agua caliente para sacarme las gotas del sebo rojo y ardiente como lava
que Karina —enajenada y rebosante de amor y de otras sustancias tóxicas— había vertido sobre mi pecho, mientras me
cabalgaba y los dos viajábamos, encastrados el uno con el
otro, sobre el lomo del calíope, que cantaba su canción a
plena voz... Los recuerdos de la noche me fueron llegando,
desordenados, entre los saltos y rebotes del micro, que chi-
rriaba destemplado con cada sacudida.

Todo empezó cuando la conocí a Candela, ahí fue que
el ovillo empezó a desenrollarse. La vi por primera vez ese
día del paro, cuando fuimos con los delegados a entregar
un petitorio en la dirección. No era tan joven, ni particularmente bonita, pero tenía un par de tetas de primera y
la mirada de una barca que aguarda ser navegada en mar
abierto. Acababa de aterrizar como administrativa en la oficina de personal. Por supuesto que en los cinco minutos que
nos recibió el director, yo salí para establecer contacto con
ella. Candela, me dijo que se llamaba, mientras aceptaba un
volante que yo le entregaba. La jefa de Personal —la Rusa
Edith— me debe más de una, así que la estrategia fue oficiar
de padrino y recomendársela a la capanga del sector, previo
intercambio de números de celulares, por cualquier cosita
que se necesitara...

… Dije que todo empezó cuando la conocí a Candela, pero, pensándolo bien, esta historia viene de más atrás, de antes de que yo naciera, cuando el calíope llegó a la familia. Los detalles se perdieron. O se inventaron un poco. Aparentemente fue un trabajo de restauración que hizo mi abuelo, que en su juventud había sido herrero. El que se lo encargó tuvo algún problema, no le pudo pagar el trabajo y mi abuelo se quedó con la pesada cama de hierro y bronce. Desde entonces estuvo en la familia. Sobre su somier —primero fue de flejes de hierro y después de láminas de madera— fue concebido mi padre. Seguro que también yo fui concebido ahí. La cabecera y la piecera eran de un bronce pesado y antiguo, con columnas —algunas rectas y algunas retorcidas— entre las que se intercalaban paneles de una esterilla metálica laminada en oro. Sobre los paneles de esterilla, el artesano original había soldado algunas figuras en relieve, mayormente jarrones y flores y esas huevadas, pero en el panel central, justo en el medio de la cabecera de la cama, había un relieve ovalado con el rostro de una mujer y un nombre: *Kalliope*. Recuerdo que esa imagen me fascinaba de chico, vaya uno a saber por qué. Me acuerdo que una vez —hace una bocha de años, yo estaba en el colegio— tuve que presentar un trabajo sobre no sé qué pelotudez de las Musas griegas. Ahí fui a enterarme de que Calíope era la musa de la elocuencia y de la poesía heroica, y que su nombre significaba *la de la bella voz*.

Qué carajo tenía que hacer la musa de los oradores y de los poetas en la cabecera de una cama, mirando cómo roncaban, pedorreaban y cogían sus ocupantes eventuales, a mí no me lo pregunten. Me enteré además de que *calíope* era también una especie de órgano a vapor transportable, muchas veces tirado por caballos, popular sobre todo en los circos y en los parques de diversiones.

Lo heredé. Todas mis novias y ex esposas pasaron por él. Mi hijo fue concebido sobre él. En algún momento, tuve que sacarle los paneles de esterilla —su esplendor ya había pasado y me deprimían un poco— y dejar los barrotes desnudos. Una especie de temor reverencial me impidió quitar el panel central, el de la cabeza de Calíope. El traqueteo y el rechinar del viejo bastidor de hierro y bronce, el suave balanceo armónico de la cabecera y de la piecera, la canción de las láminas y del larguero central eran para mí sonidos conocidos y hospitalarios. Yo había aprendido a reconocer y a interpretar cada crujido. Las voces de la cama glosaban con elocuencia los avatares que sucedían sobre ella, de vez en cuando épicos, mayormente pedestres o intrascendentes.

—¿Por qué no la aceitás? —me preguntaban.

—Es un calíope —respondía yo—, los calíopes cantan, no se aceitan.

No le revelaba a nadie que ciertas noches, en medio del fragor amoroso del sexo, juro que yo escuchaba, patente, patente, que el calíope tarareaba *A brillar mi amor, vamos a brillar mi amor*, esa canción de los Redondos.

Cuando apareció Candela comenzó el asedio. Yo estaba desnucado por ella. Candela tenía unas teorías arrolladoras sobre la estética, el *feng shui* y toda esa verga. Se la agarró con la decoración, con la pintura, con las plantas, con la orientación de los muebles. Me tiró a la basura la mitad de los trastos que yo tenía en casa. A veces yo intentaba alguna argumentación para disuadirla. Pero no había caso. Era *obvio* lo que había que hacer; lo marcaba la Escuela de la Brújula, el Método de las Ocho Mansiones y la Técnica de las Estrellas Voladoras. *Eso es menos cuarenta...* era su frase favorita cuando yo intentaba mantener un punto de vista. Inevitablemente, le tocó el turno al calíope.

—¡Qué calíope ni calíope! —se enfurecía Candela— ¿No ves que esa cama es un adefesio viejo y sobado? Tenés que comprar algo moderno, que tenga mejor energía.

Y me mostraba un catálogo por Internet donde aparecía el futón con colchón y almohadas *inteligentes* por el que mi ser interior clamaba, aunque yo no lo supiera. No hubo tutía. La cabecera, la piecera de bronce y el somier de hierro terminaron tirados a un costado del terraplén por el que pasaban las vías del tren. Las láminas de madera fueron sacrificadas ritualmente para el asadito con el que se celebró la inauguración de la nueva casa, aligerada y purificada de las energías negativas.

A partir de allí, casi inmediatamente, se inició el deterioro de la relación. Comenzó con una marcada pérdida de la virilidad y del sentido común (cosa rara que se me dieran ambas juntas). Y empezaron las peleas con Candela. El ambiente se fue enrareciendo cada vez más, pese al *feng shui* y a los sahumerios de incienso. Finalmente tuvimos una crisis terminal. Yo agarré el bolso de emergencia y el auto y me fui a dormir a lo de un amigo. Antes le dije que se las tomara, que no quería verla más en mi casa. Se las tomó. Y se llevó el futón con sus accesorios inteligentes, la guacha. Que cómo mierda hizo, habrá contratado un flete. Esa noche seguí el consejo de una tía —que había trotado mucho por la vida— para reparar el mal de amores: me compré un bife grueso, de la parte de la riñonada, el mejor vino que encontré, me hice el churrasco a la plancha (antes de servirlo le agregué por encima los ingredientes secretos de mi tía, un dado de manteca y perejil picado), me tomé la botella de vino y dormí a pierna suelta.

Después de una semana de dormir en el sillón del *living*, me di cuenta de que lo único que quería en el mundo era recuperar mi cama. *Ganso*, me dije a mí mismo, *nunca más la vas a ver*. Aun así, comencé la búsqueda, casi con desesperación. Por un lado me venía bien, porque me mantenía la cabeza ocupada. Sobre todo cuando me enteré de que Candela estaba transando con un cirujano plástico del hospital, que venía abonando el almácigo desde hacía tiempo. Me concentré en mi búsqueda.

Recorrí varias veces el terraplén, para observar los movimientos. Finalmente, unos pibes que hacían habitualmente un picadito a la tarde por la zona, me dieron la pista. Habían visto un carro de botelleros que había cargado lo que parecían unos fierros viejos. Eran de una villa cercana.

Seguro que lo habían vendido ahí, o por alguno de los barrios que rodeaban la villa. Pensaba cómo iba a hacer para seguir adelante con lo que ahora sabía. Me acordé del Pitu. El Pitu, yo digo que es como esos bichos que pueden vivir afuera del agua o adentro de ella, según la temporada. Fuera del agua es el repartidor motoquero de Mingo, la pizzería del barrio, un tugurio cercano a la estación que trabaja hasta la madrugada, despachando desde sus entrañas decenas de cajas de pizza y de fainá y centenares de empanadas, de misterioso renombre en los alrededores y hasta en los barrios ribereños al río. Adentro del agua, el Pitu hace, a pedido, *delivery* de un par de sustancias poco recomendables. Yo suelo por temporadas ser su cliente, no ahora, justamente, que me estoy portando bien. En otras épocas, se podría decir que el Pitu es cliente mío, porque le consigo un par de *delikatessen* de la farmacia del hospital.

Me acordé del Pitu y lo llamé. Él iba a ser mi contacto con ese mundo. Le conté el bardo sin dar muchos detalles. Yo pensé que me iba a gastar por blando y arterioesclerótico, pero, curiosamente, me escuchó con seriedad y asumió su misión con un compromiso que no dejó de sorprenderme. Así es el Pitu. Una semana después, me llamó. Había ubicado la cama perdida. La había comprado alguien de La Cachaca, el barrio pegado a la villa de la Quema. Tenía que ir ahí ese sábado, llevando un pedido grande de pizzas y empanadas para el Club Social, que esa noche tenía baile y música hasta la madrugada.

—Te venís conmigo —me dijo el Pitu— y de paso me ayudás un toque.

En el viaje, me dijo que su amigo Fifo, el *coiffeur* del barrio, era el contacto ideal, que él sabía todos los puteríos que pasaban por la zona. Íbamos en la destartalada Partner que usaba para el reparto de la pizzería. Detrás de nosotros, ordenadas en estantes adosados al interior de la camioneta, iban las grandes bandejas de aluminio llenas de empanadas y pre-pizzas, tapadas cuidadosamente con plástico. En un rincón del piso el Pitu había acomodado su bolso, su *cajita feliz*, le decía yo.

—Llevo yerba, nomás, y alguna que otra pasti —contaba el Pitu—; para la merca pesada hay un grupete de capangas en el barrio que mejor no meterse. A mí me piden que lleve el chiquitaje, obvio, a cambio de un porcentual.

—Y de paso, te comés a tu amiguito peluquero —le dije, para chichonearlo un poco, después de haberle escuchado lo de *porcentual*.

—No, nada que ver —se sorprendió el Pitu—, el Fifo es bien machito. No sabés el arrastre que tiene con las minas. Se la pasa garchando con una distinta todos los días, no sabés qué carne se morfa el guacho. Y añadió, luego de unos segundos pensativos:

—Las minas hermosas siempre se sienten atraídas por los hombres que ellas creen que las mantendrán hermosas...

Yo me quedé callado. Como decía, el Pitu a veces me sorprende.

La Cachaca no está lejos de mi casa, pero yo no había estado allí más que un par de veces, con la ambulancia. Al barrio lo habita sobre todo gente de las provincias y una gran cantidad de paraguayos. Tal vez por eso el nombre, me dijeron que *cachaca* es un tipo de cumbia muy popular en el Paraguay, pero no puedo asegurarlo, yo soy más del rock. Es un barrio atareado y completito, con escuela, mercadito, salita de urgencias y club social —con gimnasio y ring donde se programan combates de boxeo—, además de la pequeña mafia que maneja la merca de la zona. La fisonomía del barrio se parece a la de decenas de barriadas del conurbano, aunque tiene una característica distintiva, que se ve a cuadras de distancia. Frente al Club Social permanece el esqueleto de un edificio de varios pisos (solo columnas y vigas y alguna que otra losa, como un costillar fantasmal arrojado a un baldío). Nadie sabe con certeza a qué iba a estar destinado. La Municipalidad ha techado un sector y ha construido unas canchitas de papi-fútbol y de voley o de básquet.

En el Club Social ya se vivía el ajetreo de la preparación de la bailanta. De lo que parecía un camión de mudanzas, estaban bajando parlantes, consolas y los equipos habituales de los recitales. Llevamos las bandejas de empanadas hasta una cocina inesperadamente amplia, con una gran heladera-frigorífico donde se podría haber escondido un equipo entero de básquet.

Varios de los que trabajaban en el club ya lo conocían al Pitu, porque lo recibieron como si fuera un primo de la ciudad. Ya me imaginaba yo por qué. El pequeño emprendimiento comercial del Pitu comenzó a calentar los motores y, al rato nomás, estaba en pleno vuelo. Cuando salimos, ya nos habíamos fumado un par de porros y tomado unas birras con los muchachos del club, que por supuesto nos hicieron jurar que volveríamos a la noche para ver al grupo de cumbia local —la *Banda Kalópez*— y a Karina, la reina de la cachaca.

La parada siguiente era cantada. Había que pasar tarjeta con la patronal de la falopa. Yo me había puesto medio verborrágico con el aperitivo y discurseaba no me acuerdo qué cosa sobre los cuentos de Ray Bradbury que había leído de joven. El Pitu me miraba cada tanto con curiosidad. Si yo me había esperado una especie de estancia a la mexicana, llena de sicarios con ametralladoras, me iba a sorprender. En el frente de la casa había un negocio con vidriera a la calle. *Librería y Santería San Pantaleón*, decía el cartel. Arriba de él, en una especie de nicho, había un torso de Jesús con los brazos abiertos. En la vidriera, sobre un tablero de corcho enmarcado, unos letreritos escritos a mano o impresos anunciaban las novedades recibidas, desde imágenes umbanda hasta cuentas bendecidas para fabricar rosarios, desde libros de sanación a tambores rituales *originales de la Amazonia*.

A mí se me pasó la verborragia de golpe, nada más entrar al local poco iluminado, atiborrado de objetos, donde convivían sin problema aparente remeras con la imagen barbada de Pancho Sierra, Pomba Giras, Niños Dios, estatuillas de distintos santos y un ejército de vírgenes de todos los tamaños y de todos los materiales imaginables, todo envuelto por el aroma mareador de los sahumerios que se quemaban en algún lugar. Por un pasillo que me pareció un túnel fuimos hacia el fondo de la casa. El túnel se abrió a un patio, que se continuaba hacia los fondos amplios, donde alcancé a ver una piscina, un quincho y una canchita de papi-fútbol. Bajo la parra del patio había una larga mesa. Sentados alrededor de ella, todos, los capangas, las mujeres, algunas ancianas cuidando niños. Unas chicas muy jóvenes, de pocos años y de pocas ropas, llevaban y traían bandejas con bebidas. Alguien punteaba una guitarra. Vi a un costado un acordeón, junto a guitarras de diferentes tamaños. Me recordó a una reunión de gitanos. El capanga jefe parecía correntino, o tal vez chaqueño, o incluso paraguayo, no le podía ubicar bien la tonada. Era gordo y corpulento, con grandes brazos potentes, que asomaban desde una camisa sin mangas. Llevaba unos aros (de esos que tienen como un disco de metal y una piedra); el pelo, largo y enrulado, estaba sujetado atrás por una colita. Escuché que el Pitu se dirigía a él llamándolo "Papi". Se inclinó para decirle algo en voz baja. *Papi* me miró sin expresión y asintió con la cabeza. Otro personaje, sentado junto a Papi, también me miró, pero era otra mirada, eso puedo decirlo. Era un tipo flaco, de aspecto desquiciado y violento, de pelo entre rubio y anaranjado, con un corte tipo mohicano, como los jugadores de fútbol. Tenía una ropa deportiva cara y una remera de River. Me preocupó más la mirada. Yo había visto esa mirada en los setenta. Era la mirada de los que, cuando empezaban a matar, se cebaban y no había cómo pararlos. La cacha de un arma se insinuaba en la cintura, debajo de la camiseta con la banda roja.

—Los amigos del Pitu son amigos nuestros —dijo la Gallina Desquiciada, con evidente tonito irónico—, por eso siempre les ofrecemos alguito.

De algún lugar había sacado una caja antigua de madera, como esas para poner saquitos de té, y había abierto la tapa. Los "saquitos" que yo veía, envueltos en cinta de embalaje, no tenían el aspecto de ninguna tisana. Inicié un gesto como para rechazar amablemente la oferta, pero el gesto quedó inconcluso cuando vi, casi al mismo tiempo, el brillo peligroso que cruzaba la mirada de la Gallina Desquiciada —escuché que alguno se dirigía a él llamándolo *Alacrán*— y el gesto disimulado del Pitu, que se llevaba un dedo al costado de un ojo.

En ese momento, una de las chicas que servía las bebidas se acercó a nosotros. Era apenas una adolescente. Vestía un jean apretado y un top elastizado, sin breteles, sobre la turgencia discreta de los senos.

—Che, ¿no serás gorra, vos, no? —dijo el Alacrán, levantándose de la mesa— ¿O acaso gustás servirte otra cosa?

Había tomado la bandeja de las manos de la chica de las bebidas y la había puesto sobre la mesa. Luego, con brusquedad, manoteó el top elastizado, y de un tirón, lo bajó hasta la cintura. Unos pechitos jóvenes y puntiagudos pegaron un respingo azorado. El brazo de la joven voló como un reflejo para cubrirse, mientras giraba y desaparecía corriendo en la casa.

—Capaz que sos marica vos. —La voz del Alacrán sonaba peligrosa. Entonces, intervino el Papi. Miró furioso al desquiciado y le dijo algo que no entendí, me pareció que era en guaraní. El Alacrán palideció visiblemente, se dio media vuelta y se fue con una mirada desafiante.

Igual, el capanga no se había olvidado del negocio, porque volvió a hacerme un gesto que no dejaba dudas hacia la caja de tisanas. Mientras extendía mi mano hacia la caja, intenté iniciar una explicación sobre la búsqueda del calíope, pero los muy brutos me miraban como si yo hablara chino, así que opté por callarme. Me metí un paquetito en el bolsillo, dejé un puñado de billetes sobre la mesa, tomé el vaso de cerveza que vi más cerca, y, en cuanto el Pitu me hizo señas, hicimos mutis por el foro.

—Che Pitu, el sábado que viene hacemos un asadito en casa y te traés a tus amigos, ¿dale? —lo chicaneaba al Pitu, mientras cruzábamos la plaza, bastante digna y limpita, dejando atrás el esqueleto de edificio, que al bajar el sol parecía una araña gigante parada sobre sus patas.

—El Papi y la familia Amado son buena gente, no te cagan —dijo el Pitu, en una pausa que hicimos para probar la merca—; el otro, el Alacrán, está completamente limado, hay que tener cuidado.

Habíamos llegado a la peluquería del Fifo. Hacía rato que no entraba a una peluquería de barrio *para señoras*. El ambiente era amplio, con aire acondicionado y muy iluminado. Reinaba un ajetreo febril, como de sala de maquillaje de un teatro a minutos de comenzar la obra. Media docena de ayudantes atendían a una decena de clientas, lavando, cortando, peinando y arreglando manos y uñas. La fiebre del sábado, me dije, y pensé que el dueño debía hacer buena guita con el emprendimiento. El Fifo saludó con la cabeza al Pitu y le hizo señas de esperarlo mientras terminaba con una tintura. Nos sentamos en un rincón, en unos sillones blancos de cuerina, junto a una mesita de vidrio llena de revistas. Me fijé que había de todo: no solo los consabidos suplementos dominicales de los grandes pasquines, sino revistas de modas, de gastronomía, de decoración y de chimentos. Señal de peluquería con pretensiones. El cotorreo incesante entre las clientas y los oficiantes era un runrún continuo, que se mezclaba a una radio de fondo, que transmitía un programa charleta y bochinchero. El porro y las fosas nasales irritadas me ponían un campanilleo perceptivo desacostumbrado ante los olores. Me di cuenta de que la peluquería del Fifo no tenía el olor que yo recordaba de las peluquerías de mi infancia, esa baranda pegajosa y dulzona a champú y *spray* para el pelo. Acá reinaba más bien el olor de algún aromatizador de ambiente discreto, mezclado con el aroma del café recién hecho —atención de la casa, el cafecito— y con (otra vez) el efluvio de un sahumerio. Busqué de dónde venía. En una especie de altarcito a un costado estaba el retrato de una mujer de labios generosos, con una guirnalda de flores en la frente, que miraba hacia un punto alto y lejano. La cabeza, de cabellos negros, estaba rodeada de rayitos luminosos.

—¿Y esa quién es, Santa Concha? —le pregunté al Pitu, que se estaba quedando dormido.

—No, boludo, es el retrato de Gilda, no vayás a decir gansadas, Fifo es súper adicto del culto...

—Adepto —lo corregí—, adictos son vos y tus amiguitos.

El Fifo terminó su tintura, nos llamó a la cocinita del fondo y nos convidó un café. Salimos al patio trasero y compartimos un porro entre los tres. Fifo y yo nos caímos bien de entrada. Mirada franca y cordial, no exenta de picardía canchera. Se ve que el Pitu le había adelantado el motivo de mi venida, porque encaró frontalmente.

—Así que vos sos el tordo que perdió su componedora de matrimonios, mirá que no a cualquiera se le pierde una cama —me dijo el Fifo, pero sin ironía. Lo de *tordo* no se lo corregí, vaya uno a saber lo que le había dicho el Pitu. Y me contó la historia rápidamente.

El Bardo, un tipo mal llevado en el barrio, que siempre andaba metido en la pesada, tenía una calentura machaza con la Karina, la reina de la cachaca, la de la *Banda Kalópez*, que obviamente se llamaba así por su nombre y apellido: Karina López. La mina no quería saber nada con el tipo, que se la pasaba haciéndole regalos, especialmente después de salir de caño alguna noche. Esta vez, cuando el Bardo fue a su reducidor habitual, vio que tenía en un rincón del fondo, desarmada, una cama de bronce que les había comprado a unos botelleros de la quema. Al Bardo le encandiló la cabecera, y el relieve de una cabeza de mujer, que todavía reverberaba tímidamente al sol con los restos del dorado original. Cuando leyó *Kalliope*, el muy bruto pensó que decía *Kalópez* y que era un tipo de señal. La cama, con su nombre grabado, estaba hecha —sin dudas— para ella. Se la cambió al reducidor por alguna mercadería y rápidamente la hizo restaurar y se la llevó de regalo a la Karina, que no pudo rechazar el presente, de precavida y porque capaz que la cama le gustó, con todos los dorados y con su nombre en la cabecera.

—Una semana después —siguió el Fifo— el Bardo cayó preso en una entradera. Según parece, estaba en condicional y dicen que esta vez tiene para rato adentro. Así que tu camita, tordo, vas a tener que ir a buscarla al dormitorio de la Karina. Si llegás, sos un tipo con suerte. Me palmeó el hombro y me pareció sincero. Nos acompañó hasta la puerta de la peluquería. Se detuvo un instante ante el altarcito de Gilda, acomodó las flores de un florero y sacudió la ceniza del sahumerio de palo santo, para avivarlo.

—Karina también es devota de Gilda, le dedica sus recitales y siempre hace un par de temas de ella.

Ya había anochecido. Teníamos hambre. El Pitu me llevó a un boliche donde nos comimos un lomito con cerveza. El Pitu estaba al rojo. Lo buscaban todo el tiempo, abría y cerraba su *cajita feliz*, distribuyendo paquetitos y guardándose los billetes. Me vino sueño y preferí dormitar un rato en la Partner hasta la hora de la bailanta. No sé cuánto tiempo pasó hasta que sentí unos golpes en la ventanilla. El Pitu y el Fifo me apuraban para ir al Club Social. Un par de líneas cada uno nos dejó listos para la carrera. El Pitu sacó unas pastillas decoradas con unas caritas sonrientes.

—Invita la casa —dijo, y agregó—: Líquido, líquido, líquido, mucho líquido. Esa es la clave.

El baile ya carreteaba para despegar cuando llegamos. El club estaba lleno. Nadie quería perderse a la *Banda Kalópez*. Nos fuimos corriendo de a poco hasta que pudimos acomodarnos a un costado de la barra. Alguien me alcanzó un vaso. La bebida estaba muy fría. Reconocí el sabor de un energizante, mezclado con algún jugo de fruta y con algo fuertemente alcohólico, vodka o una cosa así. El Fifo resultaba el compañero ideal en ese ambiente. Conocía a todos, cruzaba gestos de complicidad cordial con los bármanes, con los de seguridad, con los músicos. Tenía una antena especial con las mujeres, de eso podía darme cuenta. El Fifo sabía distinguir al toque entre las mujeres que habían ido solo a charlar o a divertirse un poco y las otras, las que habían ido en busca de algo más. A mí me estaba haciendo efecto la carita sonriente y estaba por encarar para la pista, cuando me fijé en un grupo que entraba. Entre ellos estaba la Gallina Desquiciada. El Pitu me codeó y me hizo una seña precautoria. Justo en ese momento, el Fifo nos llamaba con vehemencia desde una salida lateral.

—Vení, que vas a conocer a la reina de la cachaca.

Ella, Karina, supervisaba la descarga de los últimos equipos. No sé por qué, me la había imaginado más alta. Todavía no se había producido para el escenario. Vestía una calza negra y una camisola medio transparente, con volados. Tenía el cuerpo armónico e inquietante de una bailarina y los movimientos ágiles y sinuosos de una gimnasta. Obvio que me la imaginé desnuda, cabalgando el calíope.

—Así que sos tordo, por lo que me dijo el Fifo. Y ¿qué especialidad? —La mirada de Karina, entre divertida y curiosa, tenía algo de interés.

—Corazón, sobre todo corazón —le dije con intención, mientras tamborileaba sobre el lado izquierdo del pecho—, un poco de otros órganos también, pero sobre todo corazón.

Karina se rio.

—Especialidad peligrosa, *angacito*, dicen que viven menos que los demás.

—Pero más intenso...

Un asistente, mariposón y con cara de verga, le hacía señas histéricas a Karina de que tenía que ir con él.

—Tengo que atender a la producción, chicos, nos vemos después del show... Vos, Fifo, tranqui, que te tengo una sorpresita de Gilda, vas a ver, después me contás. —Se despidió Karina, mientras recibía el paquetito que le entregaba el Pitu.

Y en el Club Social de La Cachaca se largó la bailanta. El primer grupo recibió una ovación, no sé si por sus bondades musicales o por el entusiasmo de la gente, que necesitaba de un desahogo. Lo vi al Fifo, bailando alternativamente con dos chicas muy jóvenes, que lo trataban con familiaridad. El Pitu andaría seguramente atendiendo sus negocios. Cuando apareció la *Banda Kalópez* —sería ya pasada la una de la mañana— fue un delirio. Karina se movía muy bien sobre el escenario. La conexión con la gente era instantánea. La música fluía y el ritmo cadencioso y pesado de la cumbia era una adormidera en la que uno se deslizaba y se dejaba ir. Hacia el final llegaron los temas de Gilda. Fue la locura. Eran temas medio lentos. Me di cuenta de que estaba bailando con una mujer perfumada en exceso. Nuestros cuerpos se refregaban sin apuros. Sentí la erección que se instalaba con naturalidad. *¿Es eso un conejo en tus pantalones o solo estás contento de verme?*, recordé que la morocha de *Roger Rabbit* le preguntaba al detective. La canción de despedida de Karina fue dedicada al Fifo, que saludaba desde la pista con los brazos en alto. Era un tema de Gilda, que, al parecer, no había cantado antes. Algo de un amor prohibido, aunque yo estaba medio disperso y no le presté mucha atención a la letra.

Un rato después, estábamos los tres esperando a Karina en la salida de los artistas. El Fifo se había traído las dos nenas con las que bailaba en la pista. Una tenía el pelo casi blanco y muy corto y parecía coreana o china; la otra era morena, de aspecto centroamericano. Hablaban entre ellas todo el tiempo, en una jerga que me pareció incomprensible, aunque reconozco que yo estaba bastante pasado.

Cuando Karina salió, me pareció más atractiva que antes. Fuimos a su encuentro, pero antes de llegar, un grupito la rodeó. Lo capitaneaba el Alacrán, con un vaso en la mano, visiblemente pasado de merca y de alcohol. El asistente mariposón voló a un costado de un empujón. El Alacrán intentaba decirle algo en el oído a Karina, que trataba de desembarazarse de él. Vi la mano del desquiciado que se asentaba sobre una nalga de Karina y la manoseaba. A la chica le salió la furia paraguayo-correntina.

—Salí de acá, tape, *carajá* baboso, andá a manosear *n'desí* cajeta...

Con la mano libre, el Alacrán la tomó del brazo con violencia y empezó a zamarrearla. Me pareció que la cosa se pasaba de la raya y le pegué un grito. Tal vez no debería haberme mandado semejante imprudencia, pero fue así. El Alacrán se detuvo en el momento y, sin soltar a Karina, se dio vuelta. Yo me había acercado hasta unos dos metros. El movimiento del Alacrán fue rápido y no pude esquivar el vaso que me lanzó. Sentí un relámpago de dolor en la mejilla, junto con el estallido de vidrios. Me toqué el lugar desde donde venía el latido de ardor y sentí algo húmedo en los dedos. La rabia me subió a la garganta. No tuve tiempo de mirar de qué se trataba, porque el Alacrán había soltado a Karina y se me venía encima. Sin pensar en lo que hacía, me adelanté un paso y le tiré un cabezazo, lo mejor apuntado que pude. Con el impulso que traía el otro, el choque entre mi frente y su nariz fue apreciable. Vi que se detenía y comenzaba a retroceder trastabillando, mientras le saltaba un chorro de sangre de las fosas nasales. Con el impulso, se fue de culo al suelo, mientras yo trataba de recomponerme del impacto y de disipar las estrellitas rojas que veía. El Alacrán pugnaba, al mismo tiempo, por agarrarse la nariz rota, por incorporarse y por manotear algo en la cintura. Creo que me salvé porque el desquiciado estaba pasado de vueltas y no coordinaba bien. Pero no iba a tardar mucho en recomponerse.

La silla llegó deslizándose justo hasta mi lado. Levanté la vista y vi la mirada del Pitu, que acababa de patearla hacia donde yo estaba. No necesitaba más hoja de ruta. Alcé la silla —me pareció más liviana de lo que me había imaginado— y se la estrellé en la cabeza al Alacrán, que se estaba incorporando. El crujido de la madera y del cráneo pareció continuarse, sin intervalo, con el quilombo que se armó. A mí debieron de darme una trompada, o quizá me habré caído, porque no me acuerdo más. El Pitu me contó, al día siguiente, que yo había quedado medio grogui con el cabezazo, pero en pie, y que entre el Fifo, Karina y él me habían arrastrado, con la cara y la camisa toda ensangrentada, fuera de la bailanta, que había retornado a su música, como si nada, después del bardo.

—No creo que te busquen los monos estos, Ángel, van a pensar que te rajaste —me dijo el Fifo, que calibraba la situación. Igual, por precaución, había bajado la cortina de la peluquería, donde nos habíamos atrincherado Karina, el Pitu, el Fifo con sus dos amigas y yo.

—Al Papi Amado no le va a gustar nada lo del Alacrán, ya le tiene las bolas llenas los quilombos que arma este limado —acotó el Pitu, que se disponía a acostarse en una camita que se había arreglado con los sillones de cuerina blanca.

Karina me examinaba el corte en la mejilla, con mirada profesional. Me pareció que conocía del tema. Me pregunté si no habría sido del gremio en algún momento. Dio una pitada profunda al porro y me lo pasó.

—Vas a necesitar un par de puntos —me dijo.

—¿Me los vas a dar vos?

—Y sí. ¿Arrugás?

La miré directo a los ojos. Todavía le duraba el rubor de la adrenalina y los ojos le brillaban.

—Te tenés que venir a mi casa, ahí tengo las cosas para suturarte.

Ni se me ocurrió preguntarle cómo carajo tenía un quirófano en la casa. El Fifo chichoneaba con la coreana mientras hacía el café. La morocha hojeaba una revista de modas.

El Pitu ya dormía a pierna suelta sobre la cama improvisada. Me pareció que todos teníamos ya el programa para el resto de la noche. El Fifo nos hizo salir por la puerta de servicio. No se veía a nadie en la cuadra. A lo lejos se escuchaba, en ráfagas, la música de la bailanta.

Del resto de la noche, no queda mucho que quiera decir. Karina me contó parte de su historia, mientras me daba unos puntos en el corte de la mejilla. Lo hacía con solvencia. Después me dijo que había sido enfermera años antes, y que la gente la consultaba todo el tiempo por temas de salud. La caja de suturas la llevaba siempre cuando salía de gira con la banda, la experiencia se lo había aconsejado así. Creo que comenzamos a besarnos entre el último punto de sutura y la cinta adhesiva final. Cuando llegamos a su dormitorio, vi por fin el objeto que me había llevado hasta allí. Tuve que reconocer que la cama lucía brillante y bien cuidada, mejor que cuando estaba conmigo. Cuando comenzó a crujir fue como escuchar la voz de un viejo amigo. Cuando finalmente nos dormimos, me pareció que una claridad tímida se insinuaba en la ventana. No debió pasar mucho tiempo hasta que escuché los golpes en la puerta. Karina no se despertó. Me levanté con cuidado. La tapé con la sábana, después de una mirada apreciativa a sus formas desnudas. El calíope también parecía dormir. Era el Pitu. Me puso al tanto de la situación, entre bostezos y puteadas por su mierda de suerte. La Partner no arrancaba, batería, bulbo, o alguna otra garcha. Tenía que buscar al mecánico. Por suerte, había conseguido transporte.

—Vamos boludo, apurate, que el Tucu está sacando el micro escolar y dice que nos tira cerca. Yo tengo que llegar a casa antes de que se despierte la bruja y vea que no dormí ahí, porque si no, salgo en los diarios, en la parte de los sepelios.

El Tucumano Salvatierra, un mono grandote, negro y cordial, nos esperaba resoplando con impaciencia, con el hocico inflado por el acuyico de coca y con un aliento a caverna cloacal. Nos subimos al micro, que empezó a tra-

quetear por el camino que bordea la Quema. Dormité malamente, entre el traqueteo y los cabezazos a la ventanilla.
Cuando el vehículo se detuvo frente al hospital, me despedí
del Tucu con un beso en la mejilla (me arrepentí al momento por el olor a coca) y la promesa de vernos pronto "para
un asadito".

—Ya sabés, Tucu —le dije—, lo que necesités, una rece-
ta, una enemita, me buscás en el hospital, que yo te hago
atender como corresponde.

Una semana después de nuestra visita a La Cachaca,
me trajeron una caja. Era un Gauchito Gil del tamaño de
un jarrón mediano. Regalo del Papi Amado, con las disculp-
pas por el comportamiento de cierto personaje, que ya había
sido *removido* a otra zona y no iba a molestar más. De paso,
me mandaban decir que verían con agrado si yo pudiera
proveerles algo de ketamina para unos clientes.

Con toda la merca en casa, mi vida es un tobogán. O
mejor, un ovillo que se desenrolla desde lo alto de un tobogán y que amenaza con salir volando de la órbita.

Por ahora, la sigo viendo a Karina. Los fines de semana
son complicados. Su banda toca a veces en el Club Social de
La Cachaca, pero otras recorre el conurbano y, a veces, hasta el interior bonaerense. En cambio, en la semana, es más
fácil. La busco de su laburo (trabaja de masajista en un hotel
pituco cerca del Tigre), vamos a comer, o a veces a algún
boliche. Todo muy tranquilo. Después dormimos juntos, la
mayoría de las veces en su casa. Sobre el calíope. Todavía no
le blanqueé nada sobre mi pérdida, la búsqueda y el reen-
cuentro. Pero algo hace que esa cama sobada y ruidosa sea
nuestro lugar. Cada vez pienso menos en Candela. Tal vez
esta era la ubicación correcta del calíope, la que habrían
determinado el *feng shui*, el Método de la Brújula, las Ocho
Mansiones Voladoras, o como quiera que se llamen. Está
en poder de Kalliope, *la de la bella voz*. Cuando con Karina
cabalgamos sobre ella, en la madrugada, ella cierra los ojos
y canturrea eso de *Tiendo a arrancarme de tu piel, de tu recuerdo, de tu ayer...* Yo a veces puedo seguirla un poco, aunque

confieso que no logro entender eso de *tiendo a arrancarme de tu piel.* Además, de a poquito, entre los crujidos y el rechinar del calíope se cuela la voz del Indio, que juro que canta, patente, patente, aquello de *¡Ñam fri frufi fali fru, ñam fri frufi fali fru!* Yo no la cambio por nada, cuando empieza a cabalgar.

Este libro se terminó de imprimir en octubre de 2015 en Imprenta Dorrego (Dorrego 1102, CABA).